양반전 · 허생전 외

한국 문학을 읽는다 01

양반전 · 허생전 외

1판 1쇄 발행 2013년 4월 25일
1판 15쇄 발행 2025년 5월 15일

지은이 · 박지원
펴낸이 · 김화정
펴낸곳 · 푸른생각

책임편집 · 이상백 | 편집 · 지순이 | 교정 · 김수란
등록 · 제310-2004-00019호
주소 · 경기도 파주시 회동길 337-16(서패동 470-6)
대표전화 · 031) 955-9111(2) | 팩시밀리 · 031) 955-9114
이메일 · prun21c@hanmail.net
홈페이지 · www.prun21c.com

ⓒ 푸른생각, 2013

ISBN 978-89-91918-22-1 04810
ISBN 978-89-91918-21-4 04810(세트)

값 11,000원

청소년의 꿈과 미래를 위한 양서를 만들고 있습니다.
잘못된 책은 푸른생각이나 구입처에서 교환해 드립니다.
이 도서의 표지와 본문 디자인에 대한 권한은 푸른생각에 있습니다.

양반전
허생전
외

한국 문학을
읽는다
01

박지원
책임편집 **이상백**

책머리에

연암을 만나러 가는 길잡이

　우리가 읽는 글 중에는 한 번 읽고 덮어 두는 글이 있는가 하면, 두고두고 그 맛을 새기며 꺼내 보는 글이 있다. 연암 박지원의 글은 후자에 해당한다. 그 시대의 현실을 보여 줄 뿐만 아니라, 오늘날에도 적용될 수 있는 여러 가지 상황이 풍자를 통해 비판되는 연암의 한문소설은 모두 12편이지만 「역학대도전(易學大盜傳)」과 「봉산학자전(鳳山學者傳)」이 유실되어 현재에는 10편만 전해진다.

　연암 박지원은 18세기 북학(北學)의 대표적 학자로, 고문파에 대한 반항을 통하여 그의 문학을 건설하였으며, 소설·문학이론·철학·경세학·천문학·병학·농학 등 활동 영역이 광범위하다. 정조의 문체반정으로 연암의 저작은 오랫동안 금서로 지목되어 있다가 연암의 아들 종간(宗侃, 박종채)이 『연암집(燕巖集)』을 편집하여 57권 18책의 필사본으로 전해졌으며, 초간본은 김택영에 의해 1900년에 원집이 나오고 1901년에 속집이 나왔다. 1932년 박영철이 『열하일기(熱河日記)』, 『과농소초(課農小抄)』 등을 별집으로 덧붙여 17권 6책의 신활자본으로 펴냈다. 1940년대 중반 『방경각외전(放璚閣外傳)』과 『열하일기』의 작품 일부가 국역되면서 실학자로서 연암과 그의 문학에 대한 연구가 체계적으로 이루어지기 시작했다.

  이 책에서 읽게 될 한문소설은 모두 10편으로, 연암의 일생을 세 부분으로 나누어 편집의 순서를 잡았다. 『방경각외전』의 「마장전」·「예덕선생전」·「민옹전」·「광문자전」·「양반전」·「김신선전」·「우상전」, 『열하일기』의 「호질」·「허생전」, 『연상각선본』의 「열녀함양박씨전」이다.
  『방경각외전』에 실린 7편은 학문에 발을 들여놓았다가 과거(科擧) 시험을 접는 35세까지 지어진 작품이다. 연암은 20세를 전후해서 우울증으로 오래 고생을 했는데, 불면증을 견디기 위해서 집안 청지기나 민옹 같은 길손을 불러 저잣거리에 나돌던 기이한 이야기를 듣고 글로 쓴 것이다.
  『열하일기』에 실린 2편은 실학자들과 학문을 연구하던 시기에 쓰여진 것이다. 연암은 44세 되던 해(1780년) 여름, 건륭황제의 만수절 축하 사절로 가는 삼종형 박명원을 개인 수행원 자격으로 따라가게 된다. 5월에 길을 떠나 10월에 돌아오기까지, 청나라 사행을 따라 열하 등지를 여행한 기록이 『열하일기』에 남긴 글이다.
  『연상각선본』에 실린 1편은 그의 이상을 벼슬살이로 이루어 보려던 시기, 즉 안의 현감으로 있을 때 이야기다.
  연암 한문소설의 두드러진 특징은 풍자와 사실주의적 표현이다.

연암의 풍자란, 역사적 변화의 시대에 살면서, 변하지 않는 양반들의 모습을 직시하여 비판하는 태도로 끝나지 않고 각각의 주인공을 통해 변화하는 시대에 새로운 의식 세계의 필요성을 강조한다.

연암의 문체는 고문(古文)을 따르지 않은 속된 표현이라고 정조의 노여움을 사게 되었지만, 양반의 반성을 촉구하는 구실을 하였다고 볼 수 있다. 이것이 연암 문학이 갖는 큰 특징으로, 당대에는 많은 비난을 받았지만, 그런 과감한 표현 때문에 그의 작품들은 후대에 이르러 더 높은 가치를 인정받고 있다.

문학사적 가치로 보아 연암의 한문소설은 누구나 교과서를 통해 한두 편은 접했으며, 제목 정도는 잘 알고 있을 것이다. 이번 기회에 제목만 알았던 연암의 한문소설을 한 편 한 편 읽어 가다 보면, 체계적으로 연암이 창조해 낸 새로운 인간형을 만나는 재미뿐만 아니라, 연암을 가까이에서 만나는 것 같은 느낌을 받게 된다.

그래서 이 책을 다 읽고 나면 또 다른 맛이 나는 연암의 글들을 읽고 싶어질 것이다.

'푸른생각'에서 기획하여 발행하는 '한국 문학을 읽는다' 시리즈는 원문을 충실하게 싣고, 낱말풀이를 세심하게 달아 작품의 이해를 돕고 본문의 중간중간에 소제목을 붙여서 이야기의 흐름을 놓치지 않도록 배려하였다.

등장인물에 대한 소개, 작품 줄거리를 정리한 〈이야기 따라잡기〉, 작품 감상의 핵심을 밝힌 〈쉽게 읽고 이해하기〉, 마지막에 〈작가 알아보기〉 등을 붙였다.

'시간에 쫓겨 다 읽지 못했지만 언젠가는 꼭 한 번 읽어 봐야지' 하고 마음먹었던 청소년뿐만 아니라 일반 독자들도 우리 소설을 쉽게 읽고 감상하는 데 도움이 되길 바라는 마음이다.

2016년 5월

책임편집 이상백

차례

책머리에 연암 박지원을 만나러 가는 길잡이 • 4

마장전 • 11
■ 이야기 따라잡기 • 22   ■ 쉽게 읽고 이해하기 • 24

예덕선생전 • 27
■ 이야기 따라잡기 • 36   ■ 쉽게 읽고 이해하기 • 38

민옹전 • 43
■ 이야기 따라잡기 • 58   ■ 쉽게 읽고 이해하기 • 60

양반전 • 63
■ 이야기 따라잡기 • 72   ■ 쉽게 읽고 이해하기 • 74

김신선전 • 77
■ 이야기 따라잡기 • 86   ■ 쉽게 읽고 이해하기 • 88

광문자전 • 91
■ 이야기 따라잡기 • 99   ■ 쉽게 읽고 이해하기 • 100

우상전 • 103
　　■ 이야기 따라잡기 • 122　　■ 쉽게 읽고 이해하기 • 124

호질 • 127
　　■ 이야기 따라잡기 • 141　　■ 쉽게 읽고 이해하기 • 144

허생전 • 149
　　■ 이야기 따라잡기 • 170　　■ 쉽게 읽고 이해하기 • 173

열녀함양박씨전 • 179
　　■ 이야기 따라잡기 • 188　　■ 쉽게 읽고 이해하기 • 190

작가 알아보기 • 192

일러두기

1. 이 책의 작품 수록 순서는 박지원의 작품 창작 순서를 따랐습니다.
2. 각 작품마다 존재하는 자서 또는 병서는 각 작품의 간지에 실어 작품의 이해를 도왔습니다.
3. 이 책에 수록된 작품들은 『연암집』을 기준으로 하였으며 각 작품의 수록 출처는 아래와 같습니다.
   「마장전」, 「예덕선생전」, 「민옹전」, 「양반전」, 「김신선전」, 「광문자전」, 「우상전」: 『연암집 권 8 - 방경각외전(放璚閣外傳)』
   「호질」: 『연암집 권12 - 열하일기(熱河日記)』 '관내정사(關內程史)' 7월 28일
   「허생전」: 『연암집 권13 - 열하일기(熱河日記)』 '환연도중록(還燕道中錄)' 8월 20일 '옥갑야화'
   「열녀함양박씨전」: 『연암집 권 1 - 연상각선본(煙湘閣選本)』
4. 각각의 작품은 등장인물 소개─작품 게재─이야기 따라잡기─쉽게 읽고 이해하기의 순서로 되어 있습니다.
5. 작품의 원문을 되도록 충실하게 싣되, 독자의 이해를 돕기 위해 낱말풀이를 상세하게 달았고 중간중간에 소제목을 붙였습니다.
6. 〈등장인물〉에서는 작품에 등장하는 주요 등장인물을 소개하고 간단하게 설명하였습니다.
7. 〈이야기 따라잡기〉에서는 작품의 줄거리를 요약 정리하였습니다.
8. 〈쉽게 읽고 이해하기〉에서는 작품을 감상하는 데 필요한 핵심적인 요소를 짚어 주었습니다.
9. 마지막으로 〈작가 알아보기〉에서는 작가의 생애와 작품 활동, 작품 세계 등을 이해할 수 있습니다.

마장전 馬駔傳

오륜 끝에 벗이 놓인 것은
보다 덜 중시해서가 아니라
마치 오행 중의 흙이
네 철에 다 왕성한 것과 같다네.
친(親)과 의(義)와 별(別)과 서(序)에
신(信) 아니면 어찌하리.
상도가 정상적이지 못하면
벗이 이를 시정하나니
그러기에 맨 뒤에 있어
이들을 후방에서 통제하네.
세 광인이 서로 벗하며
세상 피해 떠돌면서
참소하고 아첨하는 무리를 논하는데
그의 얼굴이 비치어 보이는 듯하네.
이에 「마장전」을 짓는다.

『연암집 권 8 – 방경각외전』 '자서'

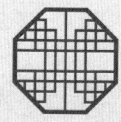

"내가 한평생 벗을 하나도 사귀지 못할지언정,
너희들 말처럼 '군자의 사귐'은 못하겠다."

등장인물

송욱   나이 서른의 천민 출신 걸인. 개성을 지닌 당시의 실제 인물(『연암집 권 7』「염재기」에 기록되어 있는 당시 한양에 실존했던 기인). 세속적인 사교 방법을 버리고 참된 우정을 추구한다. 지식과 이론이 우수하며 은어에 능통한 천재적이다. 벗을 사귀는 데 필요한 다섯 가지 방법을 논하며 군자의 벗 사귐을 비판한다.

조탑타   송욱의 말을 해독하지 못하는 둔하고 순진무구한 인물이다.

장덕홍   송욱의 은어를 빨리 해독하고 시문을 인용하는 등, 당시의 저속한 무리가 아님을 짐작할 수 있게 하는 인물이다.

마장전

믿음직스러운 벗은 어떤 사람을 말하는 것일까?

"말 거간꾼(사람 사이에서 흥정 붙이는 직업을 가진 사람)과 집 거간꾼 따위들이 손바닥을 치면서 옛날 관중(管仲, 춘추시대 제나라의 재상), 소진(蘇秦, 전국시대 중엽의 정치가. 강국 진나라에 대적하기 위해 나머지 6국이 연합하는 합종설을 주장하였다)을 흉내 내어 닭, 개, 말, 소 등의 피를 마시며 맹세한다"더니 과연 그렇다.

"이별이 다가온다"는 말을 듣자마자 가락지를 팽개치고 수건을 찢어 버리며, 등불을 등진 채 바람벽을 향하여 머리를 숙이고 슬픈 목소리를 머금는 여인이야말로 믿음직스러운 첩이었다. 또한 간을 토할 듯이 쓸개를 녹일 듯이, 손을 마주 잡고 마음을 내보이는 자야말로 믿음직스러운 벗이었다.

그러나 콧마루에 부채를 가린 채 양쪽 눈을 깜박거리는 것이 장쾌(駔儈, 시장을 돌아다니며 과실이나 나무 따위를 흥정 붙이는 사람)의 요술이다. 위험한 말로 움직여 보기도 하거니와 아름다운 말로 핥아 주기도 하고, 그가 꺼리는 것을 꼬집어 내기도 하며, 강한 놈에게는 위협으로, 약한 놈에게는 억압으로, 같은 것들끼리는 흩어지게 하고, 헤어져 있는 것들은 합치게 해 주는 솜씨는 패자(霸者, 무력이나 권력을 이용하여 천하를 다스리는 사람)나 변사(辯士, 대중 앞에서 자기의 주장이나 의견 따위를 말하는 사람)들이 마음대로 열고 닫는 임기응변이기도 하다.

  옛날에 심장병을 앓는 사람이 있었다. 그가 아내를 시켜 약을 달이게 하였는데, 많아지기도 하고 적어지기도 해서 그 분량이 적당하지 않았다. 그는 화가 나서 첩에게 달이도록 시켰다. 첩이 달이는 약은 많고 적음이 한결같았다. 그는 첩이 잘한다고 여겨서, 창구멍을 뚫고 엿보았다. 그랬더니 그 첩은 약물이 많아지면 땅바닥에 내버리고, 적어지면 물을 더 탔다. 이것이 바로 약물의 분량을 적당하게 하는 방법이었다.

  그러니 귀에다 입을 대고 속삭이는 소리는 지극히 솔직한 말이 아니다. "비밀을 누설하지 말라"고 부탁하는 말도 깊은 사람은 아니다. 정이 얕고 깊은 것을 나타내려고 애쓰는 자도 참다운 벗은 아니다.

송욱, 조탑타, 장덕홍이 벗 사귐에 대해 논의하다

  송욱(宋旭), 조탑타(趙闒拖), 장덕홍(張德弘) 세 사람이 광통교(광교. 청계천에 놓인 다리 중 가장 큰 다리였다) 위에서 벗 사귀는 방법을 서로 논하였다. 탑타가 이렇게 말하였다.

  "내가 아침나절에 바가지를 두드리면서 밥을 빌러 가다가 어떤 가게에 들렀거든. 때마침 가게 이층에 올라가서 옷감을 흥정하는 자가 있었는데, 그는 옷감을 골라서 혀로 핥아 보고는, 공중을 쳐다보며 햇빛에다 비추어서 그 두터운 정도를 따져 보더군. 그 옷감의 값은 그들의 입에 달렸는데, 서로 먼저 부르라고 사양하더라구. 얼마 지나자 두 사람 다 옷감에 대한 일은 잊어버렸어. 옷감 가게 주인은 갑자기 먼 산을 바라보며 구름이 나왔다고 흥얼대고, 사러 온 사람은 뒷짐을 지고 서성대며 벽 위에 걸린 그림을 보더라구."

송욱이

"네가 벗 사귀는 태도는 그럴듯하지만, 참된 도리는 보지 못했다."

하자, 덕홍도

"꼭두각시놀음에 장막을 드리우는 것은 노끈을 당기기 위한 것이지."

라고 말하였다. 송욱이 또 이렇게 말하였다.

"넌 얼굴로 사귀는 것만 알고, 참된 방법은 알지 못했구나. 대개 군자의 벗 사귐이 세 가지고, 그 방법은 다섯 가지거든. 내 아직까지 그중에 한 가지도 능하지 못해 서른이 되어서도 참된 벗이 하나도 없는 거야. 비록 그렇지만 나도 오래전에 참된 방법을 들은 적이 있지. 팔이 바깥으로 뻗지 않는 까닭은 술잔을 잡았기 때문인 거야."

덕홍이 말하였다.

"그렇고말고. 옛 『시경』에 이르기를,

저 숲 속에 학이 울 제
그 새끼가 따라 우네.

> 내게 좋은 벼슬이 있으니
> 내가 너와 더불어 같이한다.

하였거든. 이를 두고 한 말일 게야."

송욱이 말하였다.

"너하고는 벗에 대하여 논할 수 있겠구나. 내가 아까 그 가운데 하나를 가르쳤더니, 너는 벌써 둘을 아는구나. 온 천하 사람들이 쫓아가는 것은 오로지 형세요, 서로 다투어 얻으려 하는 것은 명예와 이익이야. 그러니까 술잔이 처음부터 입과 더불어 꾀한 것은 아니었지만, 팔이 저절로 굽어든 까닭은 자연스러운 형세이기 때문이지. 저 학이 서로 소리를 맞추어 우는 것도 명예를 위해서가 아니겠는가. 벼슬을 좋아하는 것은 이익을 구하는 거야. 그러나 쫓아오는 자가 많아지면 형세가 갈라지고, 얻으려는 자가 많아지면 명예와 이익이 제 차지가 없는 법이지. 그래서 군자가 이 세 가지에 대하여 말하기를 꺼려한 지가 오래되었단다. 내가 일부러 은어(隱語, 은유적 표현)를 써서 네게 가르쳤는데, 너는 알아들었구나.

군자들의 위선적인 사귐을 비판하다

이제부터 남과 사귈 때, 첫째, 앞으로 잘할 것을 칭찬하지 않고 오직 앞서 잘한 것들만 칭찬한다면, 그는 아무런 아름다움도 느끼지 못할 거야. 둘째, 그가 미처 생각하지 못하는 점도 깨우쳐 주지 마라. 그가 앞으로 그 일을 행해서 알게 된다면 무색하게 되기 때문이지. 셋째, 여러 친구들이나 많은 사람들이 모인 자리에서 어느 한 사람을 '제일'이라고 칭찬하지도 말게. '제일'이라는 말은 보다 더 위가 없다는 뜻이니 만큼, 한 자리에 가득 찬 사람들이 모두 쓸쓸하게 기운이 떨어지기 때문이지.

그러므로 벗을 사귀는 데 다섯 가지 방법이 있으니, 첫째, 그를 칭찬하려고 한다면 먼저 잘못을 드러내어서 꾸짖을 것이며, 둘째, 기쁨을 보여 주려면 먼저 노여움으로 밝혀야 하고, 셋째 친하게 지내려고 한다면 먼저 내 뜻을 꼿꼿이 세우고 몸가짐은 수줍은 듯이 가져야 하는 거야. 넷째, 남들로 하여금 나를 믿게 하려면, 짐짓 의심하게 만들어 놓고 기다려야 한다. 대개 열사(烈士)는 슬픔이 많고, 미인은 눈물이 많은데, 영웅이 잘 우는 까닭은 남의 마음을 움직이려고 하기 때문이야. 이 다섯 가지 방법이 군자의 비밀 계획인 동시에 처세하는 데 쓰는 아름다운 방법이지."

탑타가 그 말을 듣고서 덕홍에게 물었다.

"송군의 말은 너무 어렵고 은어라서, 나는 알아듣지 못하겠네."

덕홍이 말하였다.

"네가 이 말을 어떻게 알아듣는단 말이냐? 그가 잘하는데도 일부러 소리쳐 가며 책망하면, 이보다 더한 칭찬은 없을 것이다. 사랑하는 마음이 있다 보니 노여움이 생기는 것이요, 꾸지람을 하는 과정에서 정이 붙는 것이므로 가족에 대해서는 이따금 호되게 다루어도 싫어하지 않는 법이다. 친한 사이일수록 거리를 둔다면 이보다 더 친한 관계가 어디에 있겠는가. 이미 믿는 사이인데 오히려 의심을 품게 만든다면 이보다 더

긴밀한 관계가 어디에 있겠는가.

　술에 취하고 밤은 깊어서 다른 사람들은 모두 쓰러져 자건만, 친한 벗 두 사람만이 말없이 마주 쳐다보며 취한 나머지 취기(醉氣)를 타서 슬픈 심사를 자극하면 누구든 뭉클하여 공감하지 않은 자 없다. 그러므로 벗을 사귈 때에는 서로 그 마음을 알아주는 것보다 더 고귀한 방법이 없으며, 서로 그 마음을 공감하는 것보다 더 즐거운 것도 없지.

　따라서 편협한 사람의 불만을 풀어 주고 시기심 많은 사람의 원망을 진정시켜 주는 데에는 울음보다 더 빠른 방법이 없다네. 그래서 나도 남과 사귈 때에 가끔 울고 싶은 적이 없지 않았지만, 울려고 해도 눈물이 흘러내리지 않더군. 그래서 지금까지 나라 안을 돌아다닌 지 31년이나 되었지만, 아직 참된 친구 하나를 사귀지 못했네."

　탑타가 말하였다.

　"그렇다면 내가 충(忠)으로써 벗을 사귀며 의(義)로써 벗을 정하겠으니, 어떻게 해야 하겠나?"

　덕홍이 그 말을 듣고는 탑타의 얼굴에 침을 뱉으며 꾸짖었다.

　"에이, 더럽구나. 너는 그것을 말이라고 하느냐? 내 말을 들어 봐라. 대체로 가난한 사람은 바라는 것이 많기 때문에 의를 한없이 사모한다. 왜냐하면 저 하늘을 쳐다봐야 가물가물하건만 오히려 곡식이라도 쏟아질 것이라고 생각한단다. 남의 기침 소리만 들어도 목을 석 자나 뽑곤 하지. 그러나 재산을 모아 놓은 자는 인색하다는 이름쯤은 부끄러워하지도 않으니, 남이 자기에게 바라는 것을 끊자는 것이다.

　또 천한 사람은 아낄 것이 없으므로 그의 충심은 어떤 어려운 일이라도 회피하지 않는 법이지. 왜 그런가 하면, 물을 건널 때에 옷을 걷지 않는 까닭은 다 떨어진 홑바지를 입었기 때문이고, 수레를 타는 사람이 가죽신 위에다 덧버선을 신는 까닭은 진흙이 스며들까 봐 걱정하기 때문이거든. 가죽신 밑창까지도 아끼는 사람이 제 몸뚱이야 오죽하겠느냐? 그러기에 충이니 의니 하고 부르짖는 것은 가난하고 천한 자들의 상투적인 구호일 뿐이고, 부귀를 누리는 자들에게는 논할 거리도 안 되는 거야."

탑타가 발끈하여 얼굴빛을 붉히면서 말하였다.

"내가 한평생 벗을 하나도 사귀지 못할지언정, 너희들 말처럼 '군자의 사귐'은 못하겠다."

그래서 세 사람이 서로 갓과 옷을 찢어 버리고, 때 묻은 얼굴과 흐트러진 머리에다 새끼줄을 띠 삼아 졸라매고는 시장 바닥에서 노래를 부르며 돌아다녔다.

나쁜 술법 없이, 진실한 마음으로 벗을 사귀어야 한다

골계선생이 이를 듣고는 「우정론」이라는 글을 지었다.

"나무쪽을 붙이는 데에는 부레풀이 제일이고, 쇠 끝을 붙이는 데에는 붕사(硼砂, 붕산나트륨의 결정체. 용접제, 방부제 등으로 사용)가 그만이며, 사슴가죽이나 말가죽을 붙이는 데에는 찹쌀 밥풀보다 잘 붙는 것이 없다. 벗을 사귐에 있어서는 '틈'이 가장 중요하다. 연(燕)나라와 월(越)나라 사이가 멀지만, 그런 틈이 아니다. 산천(山川)이 그 사이에 가로막혔다 해도, 그 틈이 아니다. 둘이서 무릎을 맞대고 자리에 나란히 앉았다 해서 '서로 밀접하다'고 말할 수 없고, 어깨를 치며 소매를 붙잡았다고 해서 '서로 합쳤다'고 말할 수는 없으므로, 그 사이에는 틈은 있게 마련이다.

옛날에 상앙(商鞅)이 장황하게 이야기를 늘어놓자 진(秦)나라 효공(孝公)은 못 들은 척하며 졸았고, 범저(范雎)가 성내지 않았다면 채택(蔡澤)은 아무 말도 하지 못했을 것이다. 그러므로 마음에 있는 것을 겉으로 드러내어 남을 꾸짖는 것도 반드시 그럴 처지의 사람이 있겠고, 큰소리를 치면서 남을 노엽게 만드는 것도 반드시 그럴 처지의 사람이 있을 것이다.

옛날 공자 조승(趙勝)이 소개한 성안후와 상산왕도 틈이 없이 사귀었다. 한 번 틈이 벌어지면, 아무도 그 틈을 어떻게 할 수가 없는 법이다. 그러므로 아첨도 틈타서 결합되며, 고자질도 그 틈을 이용해서 벌어지게 만든다. 그러므로 남을 잘 사귀는 자는 먼저 그 틈을 잘 타야 한다. 남을 잘 사귀지 못하는 자는 틈을 탈 줄 모른다.

대체로 곧은 사람은 곧바로 가 버린다. 굽은 길을 따라가지 않고, 자기의 뜻을 꺾어 가면서 무슨 일을 하지는 않는다. 한마디 말에 의견이 합해지지 않는 것은 남이 그를 이간질해서가 아니라, 제 스스로 앞길을 막은 셈이다. 그래서 속담에도 이르기를 '열 번 찍어서 넘어가지 않는 나무가 없다' 하였고, '아랫목에게 잘 보이기보다 아궁이에 잘 보여라' 하였으니, 이를 두고 한 말이다.

따라서 아첨하는 데에는 세 가지 방법이 있다. 자기 몸을 가다듬고 얼굴을 꾸민 뒤에 말씨도 얌전히 할뿐더러 명리(名利, 명예와 이익)에 담박(澹泊, 욕심이 없고 마음이 깨끗함)하고, 다른 사람들과 사귀기를 싫어하는 척해서 자기의 아름다움을 자랑하는 것이 상급의 아첨이다. 곧은 말을 간곡하게 해서 자기의 참된 심정을 나타내되, 그 틈을 잘 타서 이편의 뜻을 이해시키는 것이 중급의 아첨이다. 다음으로 말발굽이 다 닳고 돗자리가 해지도록 자주 찾아가서 그의 입술을 쳐다보며 얼굴빛을 잘 살펴서, 그가 말하면 덮어놓고 칭찬하며 그의 행동을 무조건 아름답게 여긴다면, 저편에서 처음 들을 때에는 기뻐한다. 그러나 오래되면 도리어 싫증 나고, 싫증나면 더럽게 여기게 된다. 그때는 '저놈이 나를 놀리는 것이 아닌가?' 하고 의심하는 법이니, 이는 하급의 아첨이다.

　관중은 아홉 번이나 제후를 규합(糾合, 어떤 목적 아래 많은 사람을 한데 끌어 모음)했고, 소진은 여섯 나라를 합종(合從, 중국 전국시대에 소진이 주장한 일종의 동맹. 여섯 나라가 동맹하여 서쪽의 진나라에 대항해야 한다고 하였음)하였으니, '천하에 가장 커다란 사귐'이라고 말할 수 있겠다. 그러나 송욱과 탑타는 길에서 빌어먹고 덕홍은 시장 바닥에서 미친 노래를 부를지언정, 말 거간꾼의 나쁜 술법을 쓰지는 않았다. 하물며 글 읽는 군자가 그런 짓을 할까 보냐?"

이야기 따라잡기

　패자나 변사의 권모술수와, 심장병을 앓는 사람의 아내와 교활한 첩에 대한 간단한 일화로 '진정으로 믿음직스러운 벗은 어떤 사람을 말하는 것일까?'에 대해 이야기한다.

　송욱, 조탑타, 장덕홍 세 사람이 광통교에 모여 친구를 사귀는 것에 대해 서로 이야기하게 되었다. 조탑타가 옷감 가게 이야기를 들어 친구의 도에 대해 이야기하자, 송욱이 그것은 사귀는 태도만 보았지 사귀는 도는 보지 못한 점이라 지적한다. 장덕홍이 『시경』의 시를 이야기하며 알아듣자, 송욱이 다시 '온 천하 사람들이 쫓아가는 것은 오로지 형세요, 서로 다투어 얻으려 하는 것은 명예와 이익이다. 그러나 쫓아오는 자가 많아지면 형세가 갈라지고, 얻으려는 자가 많아지면 명예와 이익이 제 차지가 없는 법이다. 그래서 군자가 사용하는 처세 방법 세 가지와 그 처리 방법 다섯 가지가 있다'고 하며, 자신은 그 가운데 한 가지도 못하기에 나이 삼십이 되도록 친구가 없다고 한다.

　그러나 조탑타가 이해하지 못하므로 장덕홍이 자세히 설명해 주며 삼십여 년 국내를 두루 돌아다녔으나 친구가 없는 것은 상대를 이해하고 공감

하며 함께 울어 줘야 하는데, 자신은 울지도 못하고 울어도 눈물을 흘리지 못하기 때문이라고 말한다.

　장덕홍의 이러한 이야기를 듣고 조탑타가 충의(忠義)로써 사귈 것을 제의하자, 장덕홍은 충(忠)이니 의(義)니 하고 부르짖는 것은 가난하고 천한 자들의 상투적인 구호일 뿐이고, 부귀를 누리는 자들은 충의와 동떨어져 있음을 비꼰다. 한편 조탑타는 한평생 벗을 하나도 사귀지 못할지언정, '군자의 사귐'은 하지 못하겠다고 말한다.

　이 세 사람은 서로 갓과 옷을 찢어 버리고, 때 묻은 얼굴과 흐트러진 머리에다 새끼줄을 띠 삼아 졸라매고는 시장 바닥에서 노래를 부르며 돌아다닌다.

　이 글 끝에 제시된 골계선생의 「우정론」은 벗의 사귐에 관하여 '틈'이 가장 중요하다며, 아첨도 틈타서 결합되고, 고자질도 그 틈을 이용해서 벌어진다고 말한다. 「우정론」의 끝에서는 송욱·조탑타·장덕홍 같은 걸인도 말 거간꾼의 술수를 쓰지 않는데, 군자로서 글 읽는 사람들이 그래서는 안 된다는 것을 강조한다.

쉽게 읽고 이해하기

「마장전」과 벗 사귐

「마장전」은 박지원이 20세였던 1756년 전후에 쓴 작품으로 추측된다. 박지원은 『방경각외전』 자서(自序)에서 "오륜 끝에 벗이 놓인 것은 보다 덜 중요해서가 아니라 마치 오행 중의 흙이 네 철에 다 왕성한 것과 같다네. 친(親)과 의(義)와 별(別)과 서(序)에 신(信) 아니면 어찌하리. 상도가 정상적이지 못하면 벗이 이를 시정하나니 그러기에 맨 뒤에 있어 이들을 후방에서 통제하네."라고 하여 벗 사귐의 중요성을 강조하였다.

송욱 · 조탑타 · 장덕홍의 대화

세 사람은 세속적인 사교 방법을 버리고 참된 우정을 추구하는 인물들이다. 송욱과 장덕홍이 참된 인간의 사귐을 강조하고 있는 데 비해, 조탑타는 충과 의를 바탕으로 하는 벗의 사귐을 추구하고 세 사람 사이에서 벌어지는 대화를 통해 군자의 사귐에는 허상이 많다는 것을 보여 준다. 겉으로는 충성스러운 사귐을 한다고 하지만 실제로는 형세와 명예와 이익을 추구하는 것으로, 그 사귀는 방법도 자연스러운 것이라기보다는 술수를 동원하여 진심을 드러내지 않고 가면을 쓴 채 사귀는, 당시 양반들을 비판하면서 신(信)을 바탕으로 한 사귐이 중요하다는 교훈을 전달하고 있다.

「마장전」의 3단 구성

「마장전」은 크게 3단으로 구성되어 있다.

서두에서는 두 가지 일화를 제시함으로써 사람을 사귈 때에 진심으로 대해야 할지, 아니면 진심을 감추고 스스로를 꾸며야 할지를 생각해 보게 했다.

전개에서는 송욱·조탑타·장덕홍의 대화를 통해 참된 우정에 대해 이야기한다. 그러나 군자들의 삼교(三校)와 오술(五術)의 세속적인 사교술과 충의(忠義)에 대한 토론과 비판을 하며, 위선으로 가득 찬 군자들과 친구가 될 수 없다고 단언한다.

결말에는 골계선생의 「우정론」으로 당시에 아첨과 고자질을 일삼는 '군자의 사귐'은 말 거간꾼 같은 술수임을 풍자하여, 양반의 위선을 비판하는 작자의 의도가 잘 나타나 있다.

나 자신의 삶은 물론 다른 사람의 삶을 삶답게 만들기 위해
끊임없이 정성을 다하고 마음을 다하는 것처럼
아름다운 일은 없습니다.
― 톨스토이(러시아의 작가, 1828~1910)

예덕선생전 穢德先生傳

선비가 먹고사는 데 연연하면
온갖 행실이 이지러지네.
호화롭게 살다가 비참하게 죽는다 해도
그 탐욕 고치지 못하거늘
엄 행수는 똥으로 먹고 살았으니
하는 일은 더러울망정 입은 깨끗하다네.
이에 「예덕선생전」을 짓는다.

『연암집 권 8 – 방경각외전』 '자서'

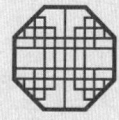

"그가 하는 일이야 천할지 모르지만
그가 지키는 도리는 얼마나 고상한가?"

등장인물

선귤자(이덕무) 이름 높은 선비이자 학자이면서도, 서울 근처에서 농사를 짓는 농민들에게 똥을 가져다주는 일을 하는 엄 행수와 사귄다.

자목 선귤자의 제자로 스승이 미천한 신분의 엄 행수와 사귀는 것을 못마땅하게 여겨 스승의 곁을 떠나려고 하는 인물. 선귤자와는 반대로 명분과 체면만 내세우고 위선적이다.

엄 행수(예덕선생) 똥을 모으는 역부라는 직업을 가진 하층민이지만 자기 분수를 알고 그 속에서 즐거움을 가지는 인물. 선귤자는 엄 행수가 참된 사람의 모습을 갖추었음을 칭찬하며 '예덕선생'이라고 부른다.

예덕선생전

선귤자의 제자 자목이 떠나려 하다

선귤자(蟬橘子, 실학자 이덕무의 호. '깨끗한 매미'나 '향기로운 귤'과 같은 선비라는 의미)의 벗 가운데 예덕선생이라는 사람이 있었다. 그는 종본탑 동쪽에서 사는데 마을 안의 똥거름을 쳐내는 일을 하며 먹고살았다. 마을 사람들은 모두 그를 엄 행수(嚴行首)라고 불렀다. 행수란 천한 일을 하는 늙은이를 가리키는 것이며, 엄은 그의 성이었다.

선귤자의 제자 자목(子牧)이 어느 날 선귤자에게 물었다.

"그전에 선생님께서 제게 말씀하셨지 않았습니까? 벗은 같이 살지 않는 아내요, 한 탯줄에서 나오지 않은 형제라고요. 벗이란 게 이렇듯 소중한 것입니다.

이 세상의 많은 선비들이 선생님의 지도를 받고 싶어 합니다. 그런데 선생님은 그런 분은 상대도 하지 않으셨습니다. 그런데 지금 엄 행수로 말한다면 아주 천한 사람이고 미천한 일을 하는 사람입니다. 선생님이 그의 인격을 높여 스승이라고 하면서 장차 사귀려고 하시니 저는 부끄러워 견딜 수가 없습니다. 이제 선생님의 문하를 떠나고자 합니다."

선귤자가 자목에게 사귐의 도리를 가르치다

선귤자가 웃으면서 말하였다.
"거기 앉게. 벗에 대해 자네에게 이야기해 주겠네. 속담에도 있지만 '의원이 자기 병을 못 고치고 무당이 자기 굿을 못 한다'고 했네. 스스로 생각하기에 이것이 바로 나의 장점이라고 믿고 있어도 남들이 몰라준다면 마음이 답답해지는 법이지. 그래서 남한테 자기의 결점을 지적해 달라는 말을 하게 된다네.

그런데 남이 자기 칭찬만 하면 아첨하는 것 같아 쑥스러워지고, 타박하면 자기를 흉만 보고 있다는 생각이 되어 그 사람과 멀어지게 되지. 그러니까 잘못한 점이 많아도 그 주위만 맴돌고 중심을 건드리지 않으면 아무리 크게 꾸짖어도 그 사람은 성내지 않는다네. 그러다가 우연한 기회에 잘한 점을 칭찬해 주면 마치 가려진 부분을 드러내는 것 같아 감동하게 되지. 마치 가려운 곳을 긁어 주는 듯한 기분이 들 거야. 하지만 가려운 곳을 긁는 데도 긁는 도리가 있다네. 등을 긁을 때는 겨드랑이까지 긁지 말아야 하네. 또 가슴을 쓰다듬다가도 목까지는 긁지 말아야 하지. 그래서 이야기가 아무렇지도 않은 듯이 끝나게 되면, 그 모든 아름다움은 저절로 내게 돌아오는 법이지."

선귤자는 스스로 감동한 듯이 말을 이었다.

"이런 것을 알아야 벗이라고 할 수 있네."

자목은 귀를 막고 뒷걸음치면서 말하였다.

"선생님은 제게 장사치나 하인 놈들의 행세를 가르치시는군요."

선귤자가 말하였다.

"그렇다면 자네가 부끄럽다고 하는 게 바로 여기에 있다는 뜻이구먼. 보게나. 무릇 시장 거리에 사는 사람들의 사귐은 이익을 앞세우고, 얼굴만 보고 사귀는 사귐은 아첨을 수단으로 한다네. 그래서 아무리 좋은 친구라도 세 번만 물건을 요구하게 된다면 사이가 멀어지게 되고, 반대로 아무리 오래된 원수라고 해도 세 번만 물질적으로 이익을 주면 친해지지 않는 이가 드물다네.

그래서 이익을 먼저 내세우거나 아첨으로 사귀면 그 사귐은 오래 이어질 수가 없네. 그러므로 훌륭한 사귐은 얼굴로 하는 것이 아니라네. 훌륭한 벗은 직접 만난다고 해서 알 수 있는 게 아니야. 오로지 마음으로 사귀고 덕(德)으로 벗해야 하네. 이게 바로 도의(道義)로 하는 교제라는 거야. 그래서 위로는 천 년 전의 사람을 벗한다고 해도 멀게 느껴지지 않으며, 만 리 밖에 있는 사람을 사귄다고 해도 멀게 느껴지지 않는 것이지."

선귤자가 엄 행수를 칭찬하다

선귤자가 다시 말을 이었다.

"저 엄 행수를 보게나. 그는 내게 자신을 알아 달라고 하지도 않는다네. 난 그를 아무리 칭찬해도 충분하지가 않아.

엄 행수는 밥을 먹어도 아주 엄숙하게 먹는다네. 행동도 조심스럽고, 잠도 푹 자고, 웃음은 꾸밈이 없지. 생활은 아주 소박하고 어수룩하여 볏짚 지붕에다 흙벽을 쌓고 거기다 구멍을 내었다네. 그래서 집 안을 드나들 때에는 새우처럼 등을 구부려야 할 형편이지. 잠을 잘 때에는 개처럼 입을 땅에다 박고 잔다네. 아침이 되면 즐거운 마음으로 삼태기와 삽을 들고 마을로 들어가 남의 집 변소를 친다네. 9월이 되어 서리 내리고 10월에 살얼음이 내리면 사람의 똥은 물론이고, 외양간에 있는 말똥, 소똥, 닭똥, 개똥, 거위똥, 돼지똥 등을 마치 구슬이나 보배처럼 거두어 가지만 사람들은 엄 행수를 더럽다고 욕하지 않는다네.

또 똥을 팔아 이익을 얻고 있지만 사람들은 그것이 의리에 어긋난다며 나무라지도 않지. 말하자면 똥처럼 흔한 것을 탐내어 부지런히 가져가고 있는데도 사람들은 이걸 보고도 염치없는 짓을 한다고 하지 않는다네. 손바닥에 침을 뱉어 삽자루를 휘두르는 것을 보면 구부정한 허리가 마치 새가 모이를 쪼는 것 같은 모습이라네.

엄 행수는 글을 잘 쓰는 것도 바라지 않고, 풍악을 울리면서 잘사는 것도 바라지 않지. 하기야 누구나 부자가 되고 싶고 귀한 사람이 되고 싶겠지만, 원한다고 누구나 되는 것은 아니야. 그러니 부러워할 게 없는 게 당연하지. 엄 행수는 자기를 칭찬해 줘도 그걸 영광스럽다 생각하지 않을 것이야. 그리고 헐뜯어도 그걸 욕으로 생각하지 않을 것이야.

저 왕십리의 배추, 살곶이다리의 무, 석교의 가지, 오이, 수박, 호박 등과 연희궁에 있는 고추, 마늘, 부추, 파, 염교, 청파동의 미나리, 이태

원에서 나오는 토란 등을 심는 밭들을 최고의 토지로 치는데, 이 밭들은 모두 저 엄 행수가 날라다 준 똥을 거름으로 해서 땅을 비옥하게 만들어 해마다 6천 냥의 돈을 벌어들이고 있다네.

그러나 엄 행수는 그런 일을 하고 있는데도 아침저녁을 밥 한 그릇으로 만족하고 산다네. 때로 사람들이 권하는 고기조차 거절한다네. '음식이 목구멍만 지나가면 나물이든 고기든 배부르긴 마찬가지인데 맛을 따질 게 있겠소?' 하며 말이네.

또 좋은 옷을 입으라고 하면 이 역시 거절한다네. 그러고는 '소매가 넓은 옷은 몸에 맞지 않소. 새 옷을 입으면 더러운 물건을 질 수 없지요'라고 하지.

설날 아침이 되어야 비로소 갓과 띠와 옷과 신발을 갖추어 입고 이웃을 돌아다니며 세배를 한다네. 그리고 집으로 돌아와서는 다시 헌 옷으로 갈아입고 삽을 메고 마을로 가지. 이 엄 행수 같은 분이야말로 더러운 일을 생활의 수단으로 삼고 있지만 더러운 일을 자기의 덕으로 만들며 조용히 살고 있는 세상의 고귀한 사람이 아니겠는가.

『논어』에 이런 말이 있다네. '본래 부귀를 타고난 자는 부귀한 신분으로 행동하고, 본래 가난하고 천하게 태어난 자는 가난하고 천한 신분으로 행하라'고 말이네. '본래'라고 하는 것은 정해진 운명을 말하는 거야.

또 『시경』에 이런 말이 있다네. '이른 새벽이나 늦은 밤에 관가에서 일하니 타고난 운명이 다르기 때문이다'라고 말이지. 이 운명이 바로 분수를 말하는 게야.

하늘이 사람들을 만들어낼 때 각기 정해 준 분수가 있는데 이것이 바로 운명의 바탕이라네. 누구를 원망하고 탓할 필요가 있겠나? 새우젓을 먹으면 그보다 좋은 달걀찌개를 생각하고, 칡옷을 입으면 그보다 가볍고 시원한 모시옷을 생각하듯이, 자기 분수를 모르고 좋은 것만 부러워한다면 세상이 크게 어지러워진다네.

백성이 땅을 버리고 농촌을 떠나면 밭이 황폐해지지. 저 진승, 오광(진나라 말 농민 반란의 지도자. 기원전 209년 중국 최초의 농민 봉기인 진승·오광의 난을 일으켜 장초[張楚]라는 나라를 세움), 항적(項籍, 초왕이었던 항우의 다른 이름) 등도 다 농민이었지만 그 뜻이 어찌 자신이 해야 하는 논 갈고 밭 매는 일에 만족할 수 있었겠는가?

『주역』에 이런 말이 있다네. '등짐이나 져야 할 신분의 사람이 수레를 타면 도둑이 달려든다'고 말이네. 바로 본분을 잊어버렸기 때문에 이런 일이 벌어지고 있다는 뜻이지.

그러니 의리에 맞지 않으면 아무리 많은 재물을 준다고 해도 정당한 것이 아니야. 힘을 들이지 않고 재물을 얻으면 아무리 큰 부자가 되어도 자기 이름만 더럽힐 뿐이지. 그래서 사람이 죽으면 신분에 따라 구슬이나 옥, 쌀알을 입에 물리는데 이것은 그 죽음이 깨끗함을 밝히기 위해서라네."

엄 행수를 예덕선생이라 부르다

선귤자가 다시 엄 행수를 칭찬하며 말하였다.

"저 엄 행수는 더러운 똥을 지고 다니면서 생활을 해결하고 있어 다른 사람들이 보기에는 매우 깨끗하지 못하다고 하겠지. 그러나 사는 자세가 얼마나 떳떳한가? 그가 하는 일이야 천할지 모르지만 그가 지키는 도리는 얼마나 고상한가? 이런 것을 가지고 그가 뜻하는 바를 추측한다면 아무리 높은 지위에 있는 부자라도 그보다 나을 것이 없다네. 이것을 본다면 이 세상에서 깨끗하다고 하는 자 가운데 깨끗하지 못한 자가 있으며, 더럽다고 하는 자 가운데 더럽지 않은 자가 있음을 알 것이야.

 나는 음식이 너무 맛이 없을 때면 나보다 못한 처지의 사람을 생각한다네. 저 엄 행수를 생각하면 견디기 어려운 처지란 것이 없지. 진심으로 처음부터 남의 재물을 도둑질하려는 마음이 없기로 말한다면 엄 행수 같은 분이 없다고 생각하네. 그 마음을 더욱 키워나간다면 성인(聖人)도 될 수 있을 것일세.

 선비가 좀 궁하다고 궁상스러운 모습을 보여도 수치스러운 일이요, 출세하고 나서 자기 몸만 생각하는 것도 수치스러운 노릇일세. 아마 엄 행수를 보기에 부끄럽지 않을 사람이 거의 없을 것이네. 그렇기 때문에 나는 엄 행수를 선생으로 모시려고 한다네. 어떻게 감히 벗으로 사귈 수 있겠는가? 그렇기 때문에 나는 엄 행수를 감히 그 이름을 부르지 못하고 예덕선생(穢德先生)이라고 일컫는 것이라네."

이야기 따라잡기

　예덕선생은 종본탑 근처에 사는 사람으로 집집마다 돌면서 똥을 퍼서 서울 근교에서 채소 농사를 짓는 농부들에게 파는 일을 하고 있다. 그의 성이 엄씨이고 천한 일을 한다고 하여 엄 행수라고 불렀다. 이름난 학자 선귤자가 그런 엄 행수를 벗으로 삼고자 하였다.
　하루는 선귤자의 제자 자목이 "미천한 엄 행수를 칭찬하며 벗으로 사귀는 스승이 부끄럽고 창피해서 떠나겠다"는 말을 한다. 그러자 선귤자는 자목에게 "진정한 친구 사귀는 법을 이야기해 주겠다"고 말하지만 자목은 귀를 막고 들으려고 하지 않는다.
　선귤자는 다시 자목을 앉히고, 자목이 스승의 사귐에 대해 부끄러워하고 창피하게 여기는 이유를 일러준다. 시장에서 장사하는 사람이나 소인배들은 자기 이익을 위해서 벗을 사귀거나 아첨으로 사귀는 것이 보통이지만 이러한 벗과 사귀는 일은 결코 오래갈 수 없으며 대인과 군자는 덕으로 친구를 사귀어야 함을 강조한다.
　선귤자가 엄 행수와 사귀는 이유는, 사는 모습이 어리석어 보이고 남들이 싫어하는 비천한 일을 하고 있지만 남이 자기를 알아주기를 원하지도 않고, 남에게 욕 먹을 일을 하지 않고 밥을 먹어도 엄숙하게 먹으며, 행동이 조심스러울 뿐만 아니라 아침이 되면 즐거운 마음으로 일하러 나가며, 글을 잘 쓰는 것도, 잘 사는 것도 바라지 않으며 다만 자기 분수에 맞게 살면서 도리를 지켜야 할 때가 되면 도리를 지키는 사람이기 때문이다. 그리고 설날이 되면 옷을 바르게 입고 세배를 하러 다니지만 세배가 끝나면 곧바로 헌 옷을 입고 일하러 나가는 부지런한 사람으로 타고난 분수를 지키면서 살아가는 엄 행수야말로 덕을 실천하면서 조용히 살고 있는 고귀한 사람이기 때문이라는 것이다.

  선귤자는 그런 엄 행수에게 배울 점이 많아 그를 스승으로 모시는 일은 있어도 감히 친구로 사귈 수가 없어서 엄 행수를 '예덕선생'이라 부른다.

쉽게 읽고 이해하기

참된 삶과 사귐에 대한 가르침

「예덕선생전」은 이름 높은 선비 선귤자가 제자 자목에게 인간의 참된 삶이란 무엇인가를 가르치는 내용의 글이다. 선구적인 안목을 가진 선귤자는 엄 행수를 긍정적인 인간상으로 보고 있지만 자목은 부정적으로 생각한다. 그래서 선귤자는 엄 행수에게 예덕선생이라는 이름을 지어 바친 이유를 자목에게 낱낱이 가르쳐 주면서 이야기를 풀어 나간다.

선귤자에게는 엄 행수란 벗이 있는데 그는 똥 치우는 일을 하는 사람이다. 제자 자목은 이것 이의를 제기하면서 스승이 선비와 사귀는 것이 아니라 비천한 신분의 엄 행수를 사귀는 데 대해 못마땅하게 여기며 불만을 표시한다. 그러자 선귤자는 이해(利害)와 아첨으로 사귀는 벗은 관계가 오래갈 수 없다면서 벗을 사귀는 데 있어 가장 중요한 것은 진실된 마음과 인격이라고 가르친다. 그러면서 자목이 못마땅해하는 엄 행수를 예로 들면서 그는 어리석은 듯하고 하는 일이 비천하지만 꾸밈이 없고 남의 것을 탐하지도 않으며 근면 성실하게 자신의 삶에 만족하며 사는 덕이 높은 사람이라고 한다. 엄 행수야말로 진정한 군자이니 예덕선생이라고 부르며 도의(道義)에 맞는 교제를 하지 않을 수 없다고 한다.

엄 행수의 직업

작가 박지원은 엄 행수를 통해, 신분이 낮은 사람이 착실하게 살아가는 모습을 칭송하고 그들에게서 참다운 인간을 발견하고자 했다. 이는 선비들의 위선적인 삶의 모습을 비판한 것이라 할 수 있다.

특히 「예덕선생전」 속의 엄 행수는 마을마다 다니면서 사람의 인분뿐만 아니라 온갖 동물의 분뇨까지 거두어 농부들에게 공급하는 일을 하는 사람으로 사농공상(士農工商, 예전에 백성의 신분을 나눈 기준. 선비, 농부, 장인, 상인) 어디에도 속하지 않는 새로운 계층인 임금 노동자이다. 이것은 농업을 중시하던 작가의 사상이 반영된 것이기도 하며 당시 사회상을 잘 보여 주고 있는 것이기도 하다. 임금 노동자로 자유롭게 살아가는 엄 행수의 모습, 똥을 이용하여 채소를 가꾸는 새로운 농사법, 그리고 채소 재배로 부를 축적하는 농민들의 모습 등이 작품 안에 그려져 있다.

새로운 인간상, 엄 행수

작가는 소외되기 쉬운 하층민을 주요 인물로 등장시켜 그들의 삶을 조명함으로써 새로운 인간상을 보여 준다. 작품의 주요 인물 엄 행수는 전형적인 하층민의 모습을 보여 준다. 비록 그가 하는 일이 더럽고 행색은 초라하지만 자기 분수를 지키며 욕심내지 않고 열심히 일하는 사람이다. 그래서 이름난 도학자인 선귤자도 그를 예덕선생이라고 부르며 존경하는 것이다. 작가는 사대부만을 대상으로 청렴결백을 논의하던 당시의 생각에서 벗어나 천민 계층의 인물에게서 청렴한 인격을 발견하였고 꾸밈없고 생산적인 그들의 삶이야말로 가장 이상적인 인물이라고 주장한다.

또한 엄 행수의 생활 태도를 통해 바르게 사는 삶이란 어떤 것인가를 보여 준다. 엄 행수는 남을 탓하지 않고 직접 노동을 하고 있으며 검소하면서도 금욕적인 생활을 하는 인물이다. 이것은 당시 양반들의 생활과는 대조적인 모습으로 아무 일도 하지 않고 놀고 먹기만 하는 양반들을 엄 행수의 모습을 통해 간접적으로 비판한다. 자신의 분수에 맞게 살면서 허례허식에 물들지 않는 삶이 바람직하다는 작가의 가치관을 드러내는 것이다.

선귤자(蟬橘子) 이덕무(1741~1793)

선귤자는 '깨끗한 매미(蟬)'나 '향기로운 귤(橘)'이라는 뜻으로 이덕무의 또 다른 호다.

이덕무는 언젠가 자신에게도 다가올 기회를 기다리며, 다방면의 책을 읽으며 학식을 쌓고 수많은 책을 썼다. 마침 정조가 규장각을 설치하면서 신분보다는 능력 위주의 인사를 펼쳐, 검서관으로 박제가, 유득공, 서이수와 함께 이덕무가 임명된다. 규장각 검서관으로 일하는 10여 년의 기간 동안에 조선의 학문을 부흥시키는 데에 최선의 노력을 다했다고 한다. 정조는 이덕무가 세상을 떠난 2년 뒤인 1795년 그의 시문집 『아정유고(雅亭遺稿)』를 규장각에서 편찬하게 한다.

이덕무가 처음으로 사용한 호는 청장관(靑莊管, 고요히 물가에 살면서, 눈앞에 지나가는 고기를 필요한 만큼만 먹고 사는 맑고 욕심 없는 백로)이다. 자신이 주어진 운명에 순응하며 그 운명 속에서 최선을 다하고 청렴함을 지킨 이덕무의 생애를 나타내는 것이라고 볼 수 있다.

서자라는 사회적 신분과 그에 따른 가난을 오직 독서로 이겨낸 이덕무는 자신의 운명 속에서 좌절하기도 했지만 현실과 타협하지 않고, 자신에게 올 기회를 기다리며 미래를 준비하였다.

저서 『간서치전(看書痴傳, 책만 보는 바보)』을 통해, 그는 독서로 배고픔과 추위 그리고 근심과 번뇌를 잊었음을, 그의 생애가 더욱 빛날 수 있었던 것은 소중한 스승 박지원과 홍대용, 박제가, 유득공, 백동수 등 백탑파(白塔派, 원각사지십층석탑 아래에서 모여 친분을 나누던 지식인들의 모임)라고 불리던 이들의 소중한 만남이 있었기 때문이라는 것을 보여 준다.

이덕무의 생애를 알고 나면 「예덕선생전」의 주제에 좀 더 가까이 다가갈 수 있게 된다.

불행은 진정한 친구가 아닌 자를 가르쳐 준다.
— 아리스토텔레스(고대 그리스의 철학자, B.C. 384~B.C. 322)

민옹전 閔翁傳

민옹은 사람을 황충(蝗蟲)같이 여겼고
노자(老子)의 도를 배웠네.
풍자와 골계로서
제멋대로 세상을 조롱하였으나,
벽에 써서 스스로 분발한 것은
게으른 이들을 깨우칠 만하네.
이에 「민옹전」을 짓는다.

『연암집 권 8 – 방경각외전』 '자서'

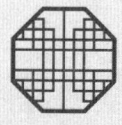

"내 마음을 잘 가지면 어린아이처럼 착해지지만,
까딱 잘못하면 오랑캐도 될 수 있다우."

등장인물

민옹(민유신) 남양의 무인 출신으로 첨사라는 벼슬도 했으나, 그 뒤 시골에 묻혀 생활한다. 옛사람의 기이한 절개나 그들의 행적을 그리워하여 벽에다 쓰고 분발해 왔다. 범상하지 않고 호탈한 성격의 기인으로 해학과 독설, 풍자가 풍부한 이야기꾼이다.

민옹의 아내 늙은 남편의 출세를 기다리며 때로는 남편의 무능을 조롱하기도 한다.

나(박지원) 민옹의 행위와 그의 사상에 매료되어 그의 일화 중에 골계·풍자·은어를 엮어 사회 제도의 모순을 풍자한다.

민옹전

민옹은 옛사람의 거룩한 발자취를 흠모한다

　민옹은 남양(南陽) 사람이다. 무신년(戊申年, 영조 4년, 1728년) 민란(이인좌의 난)에 관군을 따라 토벌에 끼여서, 그 공으로 첨사(僉使, 종삼품 무관직) 벼슬을 얻었다. 그러나 집으로 돌아온 뒤에는 끝내 벼슬하지 않았다.
　민옹은 어릴 때부터 매우 영리하고 총명하며, 말을 잘 하였다. 특히 옛사람의 기이한 절개나 거룩한 발자취를 흠모(欽慕, 기쁜 마음으로 사모함)하여 이따금 의기에 북받치면 흥분하기도 하였다. 그들의 전기를 읽을 때마다 한숨 쉬며 눈물 흘리지 않은 적이 없었다.
　그는 일곱 살이 되자,
　"항탁(項橐, 춘추시대의 사람. 7세에 공자의 스승이 되었다고 함)은 이 나이에 남의 스승이 되었다."
고 벽에다 크게 썼다. 열두 살 때에는
　"감라(甘羅, 춘추시대의 장수)는 이 나이에 장군이 되었다."

고 썼으며, 열세 살 때에는

"외황아(外黃兒, 중국의 변사)는 이 나이에 유세(遊說, 각처로 돌아다니며 자기의 의견이나 주장 등을 설명하고 선전함)하였다."

고 썼다. 열여덟 살 때에는

"곽거병(藿去病, 한나라의 장수)은 이 나이에 기련(祁連)에 싸우러 나갔다."

고 썼으며, 스물네 살 때에는

"항적(項籍, 항우)은 이 나이에 오강(烏江)을 건넜다."

고 썼다. 그러다가 마흔이 되었지만, 아무런 이름도 이루지 못하였다. 그렇지만 그는 또

"맹자는 이 나이에 마음이 움직이지 않았다."

고 크게 썼다. 그 뒤에도 해가 바뀔 때마다 이런 글들을 쓰기에 지치지 않았다. 그의 집 벽은 모두 검정색 투성이가 되었다. 일흔 살이 되자 그의 아내가

"영감, 올해에는 까마귀를 그리지 않으시려오?"

하고 놀렸다. 그러자 민옹이 기뻐하면서

"그렇지. 당신은 빨리 먹이나 갈아 주구려."

하고 말하더니 곧

"범증(范增, 항적의 모사)은 이 나이에 기이한 꾀를 좋아하였다."

고 커다랗게 썼다. 그의 아내가 발칵 화를 내며

"꾀가 아무리 기이하더라도, 장차 언제나 쓰시려오?"

하고 따졌다. 민옹이 웃으면서 말했다.

"옛날 여상(呂尙, 주 무왕의 스승)은 여든 살에 장수가 되었지만, 새매처럼

드날렸다우. 이제 나를 여상에게 비한다면, 오히려 어린 아우뻘밖에 안 된다우."

우울증에 시달리는 나에게 사람들이 민옹을 추천하다

지난 계유년(癸酉年, 영조 29년, 1753년), 갑술년(甲戌年, 영조 30년, 1754년) 사이에 내 나이는 열여덟이었다. 병으로 오랫동안 시달리면서 노래, 글씨, 그림, 옛 칼, 거문고, 골동품 등의 여러 잡물들을 제법 좋아하였다. 게다가 지나는 손님들을 모아 놓고 익살스럽거나 우스운 옛날이야기를 들으며 마음을 달래었지만, 깊숙이 스며든 우울증을 어쩔 수가 없었다. 그러자 어떤 사람이 이렇게 말하였다.

"민옹은 기이한 사람이지요. 노래도 잘 부르지만, 말도 잘한답니다. 그의 이야기는 신나고도 괴이하고, 능청스럽고도 걸쭉하지요. 그의 이야기를 듣는 사람치고 마음이 상쾌하게 열리지 않는 이가 없답니다."

민옹이 기발한 방법으로 나의 우울증을 풀어 주다

나는 그 말을 듣고 몹시 기뻐서 그에게 '함께 놀러 오라'고 부탁했다. 그래서 민옹이 나를 찾아왔는데, 나는 마침 벗들과 더불어 음악을 즐기고 있었다. 민옹은 서로 인사도 나누기 전에 퉁소 부는 자를 한참이나 들여다보더니, 그의 뺨을 치며 크게 꾸짖었다.

"주인은 즐겁게 놀자는데, 너는 어째서 성난 꼴로 있느냐?"

나는 깜짝 놀라서 그에게 까닭을 물었다. 민옹이 말하였다.

"저놈의 눈알이 잔뜩 튀어나오도록 사나운 기운을 품었거든요. 저게 골낸 게 아니고 무엇이겠소?"

내가 크게 웃었더니, 민옹이 또 말하였다.

"꼭 통소 부는 놈만 성난 게 아니라오. 피리 부는 놈은 얼굴을 돌리고 우는 듯하고, 장구를 치는 놈은 이마를 찌푸린 채 시름겨운 듯하다우. 자리에 앉은 사람들이 모두 입을 다물고 마치 무서운 일이라도 난 듯, 아이와 종놈들까지도 웃지 못하고 말도 못하게 되었으니, 이런 음악으로 어찌 기쁠 수 있겠소?"

나는 곧 그들을 돌려보내고 민옹을 맞아들여 앉혔다. 그는 비록 몸집이 작았지만, 흰 눈썹이 눈을 덮었다. 그가

"내 이름은 유신이고, 나이는 일흔세 살이라우."

하고 스스로 말하였다. 그러고는 나에게

"당신은 무슨 병이 들었수? 머리가 아픈 거유?"

하고 물었다. 내가 대답했다.

"아니오."

"배가 아픈 거유?"

"아니오."

"그렇다면 당신은 병이 아니라오."

그는 곧 지게문을 열고, 들창을 걷어 괴었다. 바람이 소슬하게 불어오자 내 마음이 차츰 시원해져서, 예전과 확실히 달라졌다. 그래서 민옹에게 말하였다.

"나는 특히 음식 먹기를 싫어하고, 밤에는 잠을 못 잔다오. 이게 바로 병이지요."

 민옹이 몸을 일으켜 나에게 치하(致賀, 칭찬하거나 축하하는 뜻을 나타냄)하였다. 내가 놀라면서

 "옹은 무엇을 치하하신단 말이오?"

하고 물었다. 그가 말하였다.

 "당신은 집이 가난한데 다행히 음식 먹기를 싫어한다니, 살림살이가 나아지지 않겠소? 게다가 잠까지 없다니, 낮밤을 아울러서 나이를 갑절이나 사는 게 아니겠소? 살림살이가 늘어나고 나이를 갑절로 산다면, 그야말로 수(壽)와 부(富)를 함께 누리는구려."

 얼마 뒤에 밥상이 들어왔다. 나는 얼굴을 찌푸리고 숟가락을 들지 않았다. 이것저것 골라서 냄새만 맡을 뿐이었다. 민옹이 갑자기 크게 성내며 일어나 가려고 하였다. 나는 깜짝 놀라서

 "옹은 왜 노해서 가시려고 하십니까?"

물었다. 민옹이 말했다.

 "당신은 손님을 불렀으니 손님에게 먼저 음식을 권해야지. 어째서 혼자 먹으려고 하오? 이건 나를 대접하는 도리가 아니라오."

 나는 사과하면서 민옹을 붙들었다. 그리고 한편으로는 빨리 밥상을 올리게 하였다. 민옹은 사양하지 않고, 팔뚝을 걷어붙였다. 숟가락과 젓가락에 음식을 가득 올렸다. 나는 저절로 입안에 침이 흘렀다. 마음이 시원해지고, 코밑이 트였다. 그제야 옛날처럼 밥이 먹혔다.

 밤이 되자, 민옹은 눈을 감고 단정하게 앉았다. 내가 그에게 무슨 이

야기를 걸었지만, 그는 더욱 입을 다물었다. 나는 몹시 무료하였다. 한참 뒤에 민옹이 별안간 일어나서 촛농을 긁어 버리며 말하였다.

"내 나이가 젊을 때엔 눈에 스치는 글마다 곧 외웠지만, 이젠 늙었다오. 그래서 당신과 내기 약속을 해 보리다. 평생 보지 못한 책을 뽑아 내 각기 두세 번 눈으로 훑어본 뒤에 외워 보려오. 만약 한 글자라도 잘못되면 벌을 받기로 약속하는 게 어떻겠소?"

나는 그가 늙었음을 기화로 하여

"그러지요."

대답하고는 곧 시렁 위에서 『주례(周禮)』를 뽑았다. 그 책에서 민옹은 「고공」 편을 골랐고, 나에게는 「춘관」 편이 돌아왔다. 잠깐 뒤에 민옹이

"나는 벌써 다 외웠다우."

하고 나를 일깨웠다. 나는 아직 한 차례도 훑어보지 못한지라, 깜짝 놀라서 조금만 더 기다려 달라고 청하였다. 민옹은 자꾸만 재촉하여, 나를 곤경에 빠뜨렸다. 나는 그럴수록 외울 수가 없었다. 졸린 듯하다가, 그만 잠이 들었다. 하늘이 밝은 뒤에야 민옹에게,

"어제 외운 글을 기억하시오?"

물었다. 민옹이 웃으면서 말했다.

"나는 처음부터 외우지 않았다오."

이치에 맞는 민옹의 말에 대들 자가 없다

하루는 밤늦도록 민옹과 이야기하였다. 민옹이 같이 앉은 손님들에게

농담도 하고 꾸짖기도 했는데, 민옹을 막아 내는 자가 아무도 없었다. 한 손님이 민옹을 궁색하게 하려고 물었다.

"민옹은 귀신을 보았소?"

"보았지."

"귀신은 어디에 있소?"

민옹이 눈을 부릅뜨고 뚫어지게 바라보았다. 한 손님이 등잔 뒤에 앉아 있었는데, 그를 향하여 소리쳤다.

"귀신이 저기 있다."

그 손님이 성내면서 민옹에게 따졌다. 민옹이 말하였다.

"밝으면 사람이 되고, 어두우면 귀신이 되는 법이라오. 지금 당신은 어두운 곳에 있으면서 밝은 곳을 살피고, 얼굴을 숨긴 채로 사람을 엿보았으니, 어찌 귀신이 아니겠소?"

자리에 있던 사람들이 모두 웃었다. 손님이 또 물었다.

"영감님은 신선도 보았소?"

"보았지."

"신선은 어디에 있소?"

"집이 가난한 자가 바로 신선이라오. 부자들은 늘 속세를 그리워하는데, 가난한 자는 언제나 속세를 싫어하니, 속세를 싫어하는 게 신선이 아니고 무엇이겠소?"

"민옹은 나이 많은 사람도 보았겠구려?"

"보았지. 내가 오늘 아침 숲 속에 들어갔더니, 두꺼비와 토끼가 제각기 나이가 많다고 다투더군. 토끼가 두꺼비더러

'내가 팽조(彭祖, 800년을 살았다고 하는 중국 전설 속의 인물)와 동갑이니까, 너 같은 자야말로 후생이다.'

하고 말하니까, 두꺼비가 머리를 숙이고 훌쩍훌쩍 웁니다. 토끼가 깜짝 놀라서

'왜 그리 슬퍼하냐?'

물었더니, 두꺼비가 이렇게 말합니다.

'나는 저 동쪽 이웃집 어린아이와 동갑인데, 그 아이는 다섯 살 때에 벌써 글을 읽을 줄 알았단다. 그 아이는 목덕(木德)으로 태어나서 인년(寅年)으로 왕조의 기원을 시작한 이래(『십팔사략』 첫머리에 "천황씨는 목덕으로 왕이 되니 목성이 인방[寅方]에 나타났다"는 구절이 있다. 즉, 아이가 『십팔사략』을 읽기 시작했다는 뜻) 여러 왕들을 거치다가, 주(周)나라에 이르러 왕통이 끊어지자 책력 하나를 이루었지. 진(秦)나라 때에 윤달이 들었고(진나라와 같이 정통으로 인정받지 못한 왕조는 윤달과 같다고 해서 윤통[閏統]이라 함), 한(漢), 당(唐)을 거쳐 아침엔 송(宋)나라가 되었다가 저녁엔 명(明)나라가 되었지. 모든 사변을 겪으면서 기쁜 일, 놀라운 일, 죽은 이를 슬퍼하는 일, 가는 이를 보내는 일 등으로 지루한 세월을 보내다가 오늘에 이른 거야. 그런데도 오히려 귀와 눈이 밝아지고, 이와 털이 나날이 자란단 말이야. 저 아이처럼 나이 많게 살았던 자는 없을 거야. 그런데 팽조는 겨우 팔백 살을 살다가 일찍 사라졌다니, 그는 세상을 겪은 것도 많지 못하고, 일을 경험한 것도 오래지 못했을 거야. 그래서 내가 그를 슬퍼하는 거지.'

결국 토끼가 두 번 절하고 뒷걸음질치면서

'네가 내 할아버지뻘이다.'

합디다. 이로써 본다면 글 많이 읽은 자가 가장 목숨이 긴 거라우."

"그럼 민옹은 가장 훌륭한 맛도 보았겠구려?"

"보았지. 하현달이 되어서 썰물이 물러나면, 바닷가의 흙을 갈아서 염전을 만들거든. 그 갯벌을 구워서 성긴 것으로는 수정염을 만들고, 고운 것으로는 소금을 만들지. 온갖 맛을 조화시키면서, 소금 없이 어찌 맛을 내겠소?"

그러자 모두들 말하였다.

"좋소. 그러나 불사약(不死藥, 먹으면 죽지 않는다는 선약)은 민옹도 결코 못 보았겠죠?"

민옹이 웃으면서 말하였다.

"이거야말로 내가 아침저녁으로 늘 먹는 것인데, 어찌 모르겠소? 큰 골짜기 굽은 소나무에 달콤한 이슬이 떨어져 땅속으로 스며든 지 천 년 만에 복령(茯笭, 소나무 땅속뿌리에 기생하는 버섯의 한 가지)이 되지. 인삼 가운데는 신라의 토산품이 으뜸인데, 단정한 모양에 붉은빛에 사지가 갖추어진 데다, 쌍갈래로 땋은 머리는 아이처럼 생겼지. 구기자가 천 년 되면 사람을 보고 짖는다우. 내가 일찍이 이 세 가지 약을 먹고는 백 일이나 음식을 먹지 못하다가, 숨결이 가빠져서 죽을 지경에 이르렀지. 이웃집 할미가 와서 보고는 이렇게 탄식합니다.

'자네 병은 굶주렸기 때문에 생겼지. 옛날에 신농씨(神農氏, 중국 고대 전설상의 제왕이며 농업과 의학의 신)가 온갖 풀을 다 맛보고 비로소 오곡(五穀)을 뿌렸으니, 병을 다스리려면 약을 쓰고 굶주림을 고치려면 밥을 먹어야 한다네. 이 병은 오곡이 아니면 고치기 어렵겠네.'

나는 그제야 쌀로 밥을 지어 먹고는 죽기를 면했다우. 불사약치고 밥보다 나은 게 없는 셈이지. 그래서 나는 아침에 한 그릇, 저녁에 또 한 그릇 먹고, 이제 벌써 일흔이 넘었다우."

민옹은 언제나 말을 지루하게 늘어놓았지만, 끝에 가서는 모두 이치에 맞았다. 게다가 속속들이 풍자를 머금었으니, 변사(辯士, 말솜씨가 좋아 말을 잘 하는 사람)라고 할 만하였다. 그 손님도 물을 말이 막혀서 다시금 따지지 못하게 되자, 벌컥 화를 내면서

"그럼 민옹도 역시 두려운 게 있소?"

하고 물었다. 민옹이 잠자코 있다가 별안간 목소리를 높여 말하였다.

"나 자신보다 더 두려운 건 없다우. 내 오른쪽 눈은 용이고, 왼쪽 눈은 범이거든. 혀 밑에는 도끼를 간직했고, 굽은 팔은 활처럼 생겼지요. 내 마음을 잘 가지면 어린아이처럼 착해지지만, 까딱 잘못하면 오랑캐도 될 수 있다우. 삼가지 못하면 장차 제 스스로 물고 뜯고, 끊고 망칠 수도 있는 거지요. 그래서 옛 성인의 말씀 가운데도 '자신의 사욕을 극복하여 예법으로 돌아간다'고 하였고, '사심을 막고 참된 마음을 지닌다' 하였지요. 성인께서도 스스로를 두려워하신 거라우."

민옹이 인간을 황충으로 풍자하다

민옹은 한꺼번에 여러 가지 질문을 받았지만, 그의 대답은 언제나 메아리처럼 빨랐다. 끝내 아무도 그를 골탕 먹이지 못했다. 그는 자기 자신을 자랑하기도 하고, 기리기도 했으며, 곁에 앉은 사람을 놀리기도 하

였다. 사람들이 모두 허리를 잡고 웃어도, 민옹은 얼굴빛 하나 변하지 않았다. 어떤 사람이

"해서 지방에 황충(蝗蟲, 풀무치. 메뚜깃과의 곤충으로 농작물에 피해를 줌)이 생겨서, 관청에서 백성들더러 잡으라고 감독한답디다."

하고 말하자, 민옹이 물었다.

"황충을 잡아서 무엇한다우?"

"이 벌레는 누에보다도 작은데, 알록달록한 빛에 털이 돋아 있지요. 이놈이 날면 명(螟, 식물의 속을 파 먹는 해충)이 되고, 붙으면 모(蟊, 식물의 뿌리를 파 먹는 해충)가 되어서 우리 곡식을 해치는데 거의 전멸시키지요. 그래서 잡아다가 땅속에 묻는답니다."

민옹이 말했다.

"이 따위 조그만 벌레를 가지고 걱정할 게 무어람. 내 보기엔 종로 네 거리에 한길 가득히 오가는 것들이 모두 황충일 뿐입니다. 키는 모두 일곱 자가 넘고, 머리는 검은 데다 눈은 빛나지요. 입은 주먹이 드나들 만큼 큰 데다 무슨 소린지 지껄여 대고, 구부정한 허리에 발굽이 서로 닿고 궁둥이가 잇달아 있습니다. 이놈들보다 더 농사를 해치고 곡식을 짓밟는 놈들이 없다우. 내가 그놈들을 잡고 싶은데, 큰 바가지가 없는 게 한스럽구려."

마치 이런 벌레가 참으로 있는 것처럼 생각하고, 그 자리에 있던 사람들이 모두 크게 두려워했다.

어느 날 민옹이 찾아왔다. 내가 그를 바라보고 은어(隱語, 남이 모르게 자기 네들끼리만 쓰는 말)로

"춘첩자방제(春帖子尨啼)."

라고 말했다. 민옹이 웃으면서 말하였다.

"'춘첩자(春帖子, 입춘 날 기둥이나 문에 써 붙이던 글)'는 문(門)에다 붙이는 글월[文]이니, 바로 나의 성인 민(閔)일 게고, 방(尨)은 늙은 개니까 나를 욕하는 말일 테지. 제(啼)는 내 이빨이 빠져서 말소리가 웅얼대는 게 듣기 싫다는 뜻일 테지. 당신이 만약 '방'이 두렵다면, 견(犬)을 버려야 할 거요. 또 제가 듣기 싫다면 그 입[口]을 막아 버려야 하겠지. 그러면 그 나머지 글자인 제(帝)는 조화(造化)를 뜻하고, '방'은 큰 물건을 뜻하지요. 그렇게 해서 '제' 자에다 '방' 자를 덧붙이면, 조화를 일으켜 '크다'는 뜻이 되는 동시에 그 글자 모양은 바로 용(龍)이라네('龍' 자를 '尨'으로 쓰기도 함. 원래는 얼룩덜룩할 '망' 자라고 읽어야 함). 그렇다면 당신이 나를 모욕한 게 아니라, 도리어 나를 칭찬한 게 된다우."

세상을 떠난 민옹을 그리며 시를 짓다

그 이듬해에 민옹이 세상을 떠났다. 세상 사람들은 말했다.

"민옹이 비록 지나치게 넓고 기이하며, 얽매이지 않고 호탕하지만, 그의 성격은 깨끗하고 곧으며, 즐겁고도 밝다. 『주역』에 밝고, 노자(老子)의 글을 좋아했으며, 그가 대체로 엿보지 못한 글이 없다."

그의 두 아들이 모두 무과(武科)에 올랐지만, 아직 벼슬하지 못하였다. 올해 가을에 내 병이 덮친 데다, 민옹도 다시는 만나볼 수 없게 되었다. 그래서 나는 그와 더불어 나누었던 은어(隱語), 해학(諧謔), 풍자(諷刺) 등을 모아서 이 「민옹전」을 지었다. 때는 정축년(丁丑年, 영조 33년, 1757년) 가을이다. 이에 시를 지어서 민옹의 죽음을 슬퍼한다.

아아, 민옹이시여
괴상하고도 기이하기도 하며
놀랍고도 어처구니없기도 하고
기뻐함직도 하고 성냄직도 하며
게다가 밉살스럽기도 하구려
벽에 그린 까마귀가
끝내 매가 되지 못하였듯이
옹은 뜻을 지닌 선비였으나
늙어 죽도록 포부를 펴지 못했구려
내 그대를 위해 전을 지었으니
아아! 그대는 죽어도 죽지 않았구려

이야기 따라잡기

　남양에 사는 민유신(민옹)은 이인좌의 난에 종군한 공으로 첨사 벼슬을 제수받았다. 그러나 집으로 돌아온 뒤로 벼슬하지 않았다. 민옹은 어릴 때부터 매우 영특하였다. 그는 옛사람의 기이한 절개나 거룩한 발자취를 사모하여 7세부터 해마다 고인들이 그 나이에 이룬 업적을 벽에다 쓰고 분발하였으나 아무런 일도 이루지 못한다. 70세가 되자 그 아내가 올해는 까마귀를 그리지 않겠느냐고 조롱하였다. 민옹은 아내의 말을 듣고 80세에 매가 날아오르듯이 용맹한 강태공에 비하면 자신은 아직 젊다고 태연하게 웃는다.
　그때 '나(박지원)'의 나이는 17, 18세였는데 병으로 누워 음악·서화·골동 등을 가까이하고 때로는 손님을 청하여 해학과 고담을 들으며 마음을 위안하고자 하였다. 그러나 우울한 증세를 풀 방법이 없었다. 마침 민옹을 만나 보라는 이가 있어서 그를 초대하였다. 민옹은 도착하자마자 인사도 나누지 않고 때마침 피리 불던 이의 뺨을 때리고는 주인은 기뻐하는데, 너는 왜 성을 내느냐고 꾸짖었다. 나는 웃으며 악공들을 돌려보내고 그를 맞이했다.

이때 민옹의 나이는 73세였다. 민옹은 기발한 방법으로 나의 입맛을 돋우어 주고 잠을 잘 수 있게 해 주었다.

민옹은 어느 날 밤에 함께 자리한 사람들을 마구 골려 대고 있었다. 그들은 민옹을 궁지에 몰아넣으려고 어려운 질문을 퍼부었으나 민옹은 끄떡도 않고 대답하였다. 귀신을 보았는가 하는 질문에는 어두운 데 앉은 사람이 귀신이라 대답하고, 신선은 속세를 싫어하는 가난한 사람, 나이 많은 사람은 글을 많이 읽는 사람, 가장 맛 좋은 것은 소금, 불사약은 밥, 가장 무서운 것은 자기 자신 등……. 이처럼 그의 대답은 쉽고 막힘이 없었으며, 때로는 자기를 자랑하기도 하고 옆 사람을 놀리기도 하여서 모두 웃었으나 그 자신은 얼굴빛도 변하지 않았다. 한편 지루하게 늘어놓는 민옹의 말은 이치에 맞는 데다 풍자를 머금고 있어 대들 자가 없었다.

함께 있던 사람 중에, 해서 지방에 황충(蝗蟲)이 생겨 관가에서 황충 잡이를 독려한다고 말했을 때, 이 말을 들은 민옹은 곡식을 축내기로는 종로 네 거리를 메운 칠척 장신의 황충보다 더한 것이 없는데, 그것들을 잡으려 하나 커다란 바가지가 없는 것이 한이라고 하며 쓸모없는 인간들이 황충이라고 표현했다.

어느 날 민옹이 찾아오자 나는 파자(破字, 한자의 자획을 풀어서 나누거나 합하는 것)로 그를 놀렸다. 그러나 민옹은 놀리는 말을 칭찬하는 말로 바꾸어 버렸다. 그 다음 해 민옹은 죽었고, 사후 그의 두 아들은 모두 무과에 올랐으나 벼슬하지 못했다. '나'는 병이 더해졌고, 민옹을 만날 수 없게 되어 드디어 그에게 듣고 본 말과 행동들을 모아 전(傳)을 지었다.

쉽게 읽고 이해하기

민유신(閔有信)과 박지원

과거 시험 준비를 위해서 박지원은 16세 이후부터 체계적으로 문장을 공부하기 시작했다. 그러나 18세 전후해서 우울증으로 오래 고생을 하였다. 그래서 박지원은 불면증을 견디기 위해서 집안 청지기나 실존 인물인 민유신 같은 길손을 불러 저잣거리에 나돌던 기이한 일을 듣곤 했다. 박지원은 민유신이 죽은 뒤, 그가 남긴 몇 가지 일화와 민유신을 만나 겪었던 일들을 엮어 생전의 공덕을 기리기 위해 1757년에 「민옹전」을 쓴다.

「민옹전」의 구성

민유신의 생애를 기반으로 한 일대기 속에 서술자인 '나' 박지원이 경험한 민유신과 관련된 일화를 집중적으로 제시하는 전기적 소설 구성 방식이다.

민옹이 어려서부터 벽에 썼던 구절들은 기발한 발상으로 독자를 끌어들이며 그가 살고자 하는 삶의 방향을 제시하고, 아내의 한마디가 소설의 전개 과정을 암시한다. 박지원과 민옹이 만나는 장면도 극적이다. 민옹과 그를 상대한 여러 사람들의 대화는 민옹의 이치에 맞는 익살과 풍자를 돋보이게 한다. 박지원이 파자를 내서 민옹을 놀려 보지만 칭찬의 말로 바꾸는 여유를 통해 민옹의 성품을 보여 주며, 민옹의 두 아들이 모두 무과에 급제했지만, 아직 벼슬하지 못한 점을 밝혀 시대적 배경을 보여 준다. 마지막으로 민옹을 추모하는 시 한 편에 그의 일생의 뜻을 집약하여 주제를 말한다.

불우한 무관이었던 민옹을 통해, 박지원은 유능한 재주와 포부를 가진 인물들이 자신의 뜻을 마음대로 펼 수 없었던 조선 말기의 시대적 상황을 비판하고 풍자한다.

「민옹전」과 문학의 효용

『연암집 권 8 – 방경각외전』 자서에서, 저자는 "……풍자와 골계로서 제멋대로 세상을 조롱하였으나, 벽에 써서 스스로 분발한 것은 게으른 이들을 깨우칠 만하네"라고 하여 「민옹전」을 쓰는 창작 경위를 말한다.

또한 작품 안에서도 그는 "올해 가을에 내 병이 덮친 데다, 민옹도 다시는 만나볼 수 없게 되었다. 그래서 나는 그와 더불어 나누었던 은어(隱語), 해학(諧謔), 풍자(諷刺) 등을 모아서 「민옹전」을 짓는다"고 밝히고 있다. 이는 풍자와 골계 속에 사람들이 살아가는 이치가 있음을 말하는 문학의 효용성을 잘 나타낸다.

공로를 자랑하는 마음이 생기면 그 공훈(功勳)은 물거품이 되고 만다.
어떤 죄악도 진심으로 뉘우치고 개과(改過)하면 그 죄업은 사라진다.
— 조지훈(시인, 1920~1968)

양반전 兩班傳

선비란 천작(天爵)이요
선비의 마음이 곧 뜻이라네.
그 뜻은 어떠한가.
권세와 잇속을 멀리하여
영달해도 선비 본색 안 떠나고
곤궁해도 선비 본색 잃지 않네.
이름 절개 닦지 않고
가문(家門) 지체(地體) 기화 삼아
조상의 덕만을 판다면
장사치와 뭐가 다르랴.
이에 「양반전」을 짓는다.

『연암집 권 8 – 방경각외전』 '자서'

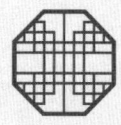

"그만두시오, 그만두어. 맹랑하구먼.
나를 장차 도둑놈으로 만들 작정이시오?"

등장인물

양반 생활 능력이 없어 환곡을 타 먹으며 생활했지만 이를 갚지 못해 '양반'이라는 신분을 파는 무능한 인간이다.

부자 조선 후기 사회의 신흥 세력을 전형적으로 보여 주는 인물. 평소 동경하던 '양반'이라는 신분을 돈으로 사려 하지만 양반들의 행동 규범과 횡포를 알고 도망친다.

군수 양반과 부자의 '신분' 거래에 대한 증서를 써 주지만 부자가 양반이 되려는 것을 방해하려는 의도가 엿보이는 인물이다.

양반전

양반이 빚에 쪼들리다

양반이란, 사회적 신분이나 지위가 높은 집안의 자손들을 높여서 부르는 말이다.

정선군에 한 양반이 살았다. 이 양반은 어질고 글 읽기를 좋아하여 항상 군수가 새로 부임하면 으레 몸소 그 집을 찾아와서 인사를 드렸다. 그런데 이 양반은 집이 가난하여 해마다 고을의 환곡(還穀, 각 고을에서 백성에게 곡식을 꾸어 주던 제도)을 타다 먹은 것이 쌓여서 천 석에 이르렀다. 강원도 감사가 군읍을 돌아보다가 정선에 들러 환곡 장부를 살펴보고 크게 화를 냈다.

"어떤 놈의 양반이 이처럼 군량(軍糧, 나라가 위태로울 때를 대비한 군사들의 양식)을 축냈단 말이냐?"

그러고는 곧 명을 내려 그 양반을 잡아 가두게 하였다. 군수도 그 양반이 가난해서 갚을 힘이 없는 것을 딱하게 여기어 차마 가두지는 못했지만, 그렇다고 달리 무슨 도리가 있는 것은 아니었다.

양반 역시 밤낮 울기만 하고 해결할 방도를 찾지 못하였다. 그러자 그 부인이 역정을 냈다.

"당신은 평생 글 읽기만 좋아하더니 고을의 환곡을 갚는 데는 아무런 도움이 안 되는군요. 쯧쯧. 양반, 양반이란 한 푼어치도 안 되는 것을."

마을의 부자가 양반 신분을 사기로 하다

그 마을에 사는 한 부자가 이 소식을 듣고 가족들과 의논하였다.

"양반은 아무리 가난해도 늘 존귀하게 대접받지만, 나는 아무리 부자라도 항상 비천하지 않느냐? 말도 못 하고, 양반만 보면 굽실거리며 두려워해야 하고, 절을 올릴 때는 엉금엉금 무릎으로 기어 뜰 아래로 가서 코를 땅에 대고, 우리는 늘 이런 수모를 겪는단 말이야. 이제 동네 양반이 가난해서 타 먹은 환곡을 갚지 못하고 시방 아주 난처한 판이라니, 그 형편이 도저히 양반을 지키지 못할 것이다. 내가 장차 그의 양반을 사서 가져 봐야겠다."

부자는 곧 양반을 찾아가 보고 자기가 대신 환곡을 갚아 주겠다고 자청하였다. 양반이 크게 기뻐하며 승낙하니, 부자는 즉시 곡식을 관가에 실어가서 양반의 환곡을 갚았다.

군수는 양반이 환곡을 모두 갚은 것을 놀랍게 생각하였다. 군수가 몸소 찾아가서 양반을 위로하고, 또 환자(還子, 환곡의 다른 말)를 갚게 된 사정을 물어보려 하였다. 그런데 뜻밖에 양반이 벙거지(병졸이나 하인이 쓰던 털로 검고 두껍게 만든 모자)를 쓰고, 짧은 잠방이(가랑이가 무릎까지 올라오는 짧은 남자용 홑바지)를 입고 길에 엎드려 '소인(小人)'이라고 자칭하며 감히 쳐다보지도 못하고 있지 않은가. 군수가 깜짝 놀라 내려가서 부축하고,

"귀하는 어찌 스스로 낮추어 욕되게 하십니까?"

하고 말하였다. 양반은 더욱 황공해서 머리를 땅에 조아리고 엎드려 아뢰었다.

"황송하오이다. 소인이 감히 스스로 욕되고자 하겠습니까? 제가 양반을 팔아 환곡을 갚았습니다. 그러니 이제 동리의 부자가 바로 양반이옵니다. 소인이 이제 다시 어떻게 전처럼 양반 행세를 할 수 있겠습니까?"

군수는 감탄해서 말하였다.

"군자로구나, 부자여! 양반이로구나, 부자여! 부자이면서도 인색하지 않으니 의로운 일이요, 남의 어려움을 도와주니 어진 일이요, 비천한 것을 싫어하고 존귀한 것을 사모하니 지혜로운 일이다. 이야말로 진짜 양반이로구나. 그러나 사사로이 팔고 사고서 증서를 해 두지 않으면 송사(訟事, 백성들끼리의 분쟁을 관청에 호소하여 판결을 내리는 일)의 꼬투리가 될 수 있다. 내가 너와 약속을 해서 군민으로 증인을 삼고 증서를 만들어 미덥게 하되 본관이 마땅히 거기에 서명할 것이다."

군수가 부자에게 양반 증서를 써 주다

그리고 군수는 관부로 돌아가서 고을 안에 사는 선비들과 농공상(農工商)들을 모두 불러 관청에 모았다. 부자는 향소(鄕所, 유향소. 지방 수령을 보좌

하던 자문 기관)의 오른쪽에 서고, 양반은 공형(公兄, 삼공형[三公兄]. 조선시대 각 고을의 세 구실아치. 즉 호장, 이방, 수형리[首刑吏]를 말함)의 아래에 섰다. 그리고 증서를 만들어 읽었다.

건륭(乾隆) 10년 9월 이 증서를 만드니 내용은 양반을 팔아서 환곡을 갚은 것으로 그 값은 천 석이다. 오직 이 양반은 여러 가지로 불리는데, 글을 읽으면 그를 선비라 하고, 정치에 나아가면 대부(大夫)가 되고, 덕이 있으면 군자(君子)이다. 무반(武班)은 무과(武科) 출신의 벼슬아치들로 서쪽에 쭉 늘어서고, 문반(文班)은 문과(文科) 출신의 벼슬아치들로 동쪽에 늘어선다. 그래서 이것을 '양반'이라고 한다. 이 중에서 너 좋을 대로 고르면 된다.

절대로 야비한 일을 하지 말고 옛사람을 본받아 그 뜻을 따라야 할 것이다. 또 늘 새벽 3시에서 5시 사이에 일어나 등잔에 불을 켜고 눈으로 가만히 코끝을 내려다보고 무릎을 꿇어 발꿈치로 궁둥이를 받치고 앉아야 한다. 그리고 『동래박의(東萊博義, 송나라 여조겸이 지은 책)』를 마치 얼음 위에 박 밀 듯 술술 외워야 한다. 배고픔을 참고 추위를 견디어 내며, 남에게 가난하다는 말을 해서는 안 된다. 그냥 앉아 있을 때에는 이를 마주 부딪치면서 손가락으로 머리를 가볍게 두드리며 입안에서 침을 조금 내어 입맛을 다신다. 소맷자락으로 관(冠)을 쓸어서 먼지를 떨어 물결무늬가 생겨나게 하고, 세수할 때 주먹을 쥐고 문지르지 말고, 양치질해서 입내가 나지 않게 한다.

또한 소리를 길게 뽑아서 여종을 부르며, 걸음을 느릿느릿 옮겨 신발을 땅에 끈다. 그리고 『고문진보(古文眞寶, 송나라 말기에 황견이 주나라 때부터 송나라 때까지의 시문을 모아 엮은 책)』나 『당시품휘(唐詩品彙, 중국 명나라의 고병이 편찬한 당시선집)』를 베껴 쓸 때, 깨알같이 써서 한 줄에 백 자씩 쓴다. 손으로 돈을 만지지 않고 쌀값을 묻지도 않는 법이다. 아무리 더워도 버선을 벗지 말고, 밥을 먹을 때 상투를 매지 않고는 밥상에 앉지 않는다. 밥 먹을 때 국을 먼저 훌쩍훌쩍 떠 먹거나 후루룩 소리를 내며 마시지 않는다. 젓가락으로 방아를 찧듯이 자주 놀리지 않고, 파를 생것으로 먹지 않는다. 막걸리를 들이켜고 수염을 빨지 않고, 담배를 피울 때 볼에 우물이 패도록 연기를 들이마시지 않는다.

화난다고 아내를 때리지 않으며, 성난다고 그릇을 내던지는 일도 하지 않는다. 아이들에게 주먹질을 하지도 않고, 종들에게 '죽일놈'이라고 꾸짖지도 않고 함부로 죽이지도 않는다. 소나 말을 나무랄 때도 그것을 판 주인까지 욕하지 않는다. 아파도 무당을 부르지 않고, 제사 지낼 때 중을 청해 불공을 드리지 않는다. 또한 아무리 추워도 화로에 불을 쬐지 않으며, 말할 때 이 사이로 침을 흘리지 않는다. 소 잡는 일도 하지 않고, 돈을 가지고 노름도 하지 않는다.

이러한 양반의 행동에 어긋났을 때에는 이 문서를 가지고 관청에 가서 옳고 그름을 따져 고치게 할 것이다.

성주(城主) 정선군수 서명(書名). 좌수, 별감 증서(證書)

이렇게 통인(通人, 관아의 심부름꾼)이 탁탁 도장을 내다가 여기저기에 찍었다. 그 소리가 마치 시간을 알리는 북소리와 같았고, 찍어 놓은 도장은 별들이 쫙 펼쳐져 있는 듯한 모양이었다.

부자는 호장(戶長, 고을 아전의 우두머리)이 증서를 다 읽는 것을 쭉 듣고 한

참 멍하니 있다가,

"양반이라는 게 이것뿐입니까? 나는 양반이 신선 같다고 들었는데 정말 이렇다면 너무 재미가 없습니다. 좀 더 좋은 일이 있도록 문서를 고쳐 주십시오."

하고 요구했다.

군수가 부자에게 다시 양반 증서를 써 주다

그러자 군수가 문서를 다시 고쳐 썼다.

하늘이 백성을 낼 때 네 종류로 나누었다. 이 네 가지 백성 가운데 가장 높은 것이 선비니, 이것이 바로 양반이다. 양반보다 더 좋은 것은 없다. 농사도 짓지 않고, 장사도 하지 않아도 된다. 글만 조금 읽으면 크게는 문과에 급제하고, 작게는 진사가 될 수 있다. 문관의 홍패(紅牌, 문과 합격증)라는 것은 길이가 두 자 남짓한 것이지만 백 가지 물건이 갖추어져 있다. 그야말로 돈자루인 것이다. 진사가 나이 서른에 처음 관직에 나가더라도 오히려 이름 있는 음관(蔭官, 과거를 치르지 않고 조상의 덕으로 벼슬길에 나아가는 것)이 되고, 잘 되면 능력에 따라 큰 고을을 맡게 된다. 귀밑이 일산(日傘, 햇볕을 가리기 위해 세우는 큰 양산) 바람에 희어지고, 배는 종들의 '예!' 하는 소리에 불러진다. 방에는 귀걸이를 단 기생이나 앉혀 두고, 뜰에 서 있는 나무에는 학을 기른다. 가난한 양반이 시골에 묻혀 있어도 강제로 이웃의 소를 끌어다 자기 땅을 먼저 갈게 하고, 마을 사람을 불러다가 자기 논 먼저 김매게 한들

누가 감히 괄시하겠는가. 너희들 코에 잿물을 들이붓고, 상투를 잡아매어 휘휘 돌리고, 수염을 낚아채며 벌을 주더라도 아무도 원망하지 못할 것이다.

부자가 양반 되기를 포기하다

부자는 그 증서를 받자 혀를 내두르며 말하였다.
"그만두시오, 그만두어. 맹랑하구먼. 나를 장차 도둑놈으로 만들 작정이시오?"
하고 머리를 흔들며 가 버렸다.
부자는 그 후로 죽을 때까지 다시는 '양반'이란 말을 입에 올리지 않았다고 한다.

이야기 따라잡기

　강원도 정선군에 어질고 글 읽기를 좋아하는 선비가 있었다. 새로운 군수가 부임하면 몸소 그 집에 찾아와서 인사를 드릴 정도로 존경받는 선비였다. 그런데 그 양반은 집이 가난하여 해마다 고을의 환곡을 타다 먹은 것이 천 석에 이르렀다. 강원도 감사가 군읍을 돌아보다가 정선의 환곡 장부를 살펴보고 군량을 축낸 양반을 잡아 가두게 한다. 군수도 양반의 가난한 처지를 아는지라, 차마 가두지도 못하는 어쩔 수 없는 상태였다. 양반은 자신의 처지를 해결할 방법이 없어서 울기만 하고, 그 부인도 남편의 무능한 모습을 보고 화를 낸다.
　이 사실을 알게 된 마을의 한 부자가 가난해도 사람들에게 존귀하게 대접받는 양반이 되고 싶고, 또 양반을 보면 항상 굽실거리고 두려워해야 하며 온갖 수모를 겪어야 하는 처지에 불만을 느껴온 터라 양반의 신분을 사기로 한다.
　그래서 부자는 양반을 찾아가 대신 환곡을 갚아 주겠다고 청하고 양반은 크게 기뻐한다. 부자는 즉시 관가에 양반의 빚을 갚는다. 한편, 군수는 양반이 빚을 갚은 것을 놀랍게 생각하고 양반을 찾아간다.

양반은 벙거지를 쓰고, 잠방이를 입고, 소인이라고 칭하며 군수에게 예의를 갖춰 대한다. 군수가 깜짝 놀라니 양반은 자신이 양반 신분을 팔아서 환곡을 갚게 된 사정을 이야기하고, 이제부터는 부자가 양반이므로 자신은 양반 행세를 할 수 없다고 이야기한다. 군수는 사사로이 양반을 사고 팔면 나중에 송사에 휘말릴 수 있으니, 증서를 만들어서 후일 생길 문제를 없애야 한다고 한다. 그래서 고을 안의 선비들과 모든 사람을 관청에 불러 모아 증서를 만든다.

우선 양반들은 새벽 3시에서 5시에 일어나 『동래박의』를 술술 외워야 하고, 배고픔도 참고 추위도 견디며, 세수하는 방법, 여종을 부리는 방법, 걸음걸이, 밥을 먹는 예절, 화를 참는 일 등 일상생활 전반을 담아 증서로 만들어 도장을 찍었지만, 부자는 왠지 모자라는 듯하여 더 좋은 내용으로 고쳐달라고 부탁을 한다.

군수는, 이 세상에서 가장 좋은 것이 양반으로 농사를 짓지 않고 장사를 하지 않아도 되며, 홍패는 바로 돈자루와 마찬가지로, 진사가 나이 서른에 관직에 나가더라도 오히려 이름 있는 음관이 되고, 능력에 따라 큰 고을을 맡게 되며, 또 방에 기생을 앉혀 두고 뜰에 서 있는 나무에서 곡식으로 학을 기르며, 강제로 이웃의 소를 끌어다 자기 땅을 먼저 갈고, 자기 논을 먼저 김매며, 사람들을 괴롭혀도 아무도 원망하지 못한다는 내용으로 증서를 만든다.

그것을 본 부자는 그 내용이 허무맹랑하고 자신을 도둑으로 만든 것 같아 가 버리고 다시는 양반이라는 말을 입에 올리지 않았다고 한다.

쉽게 읽고 이해하기

신분 질서의 동요와 관리들의 부패

「양반전」은 임진왜란과 병자호란 후의 신분 질서가 동요하기 시작하는 조선 사회를 배경으로 한 소설이다. 조선 후기에는 상업의 발달과 농업 생산력의 발달로 평민 부자들이 많이 나타났으며, 국가에서는 부족한 재정을 메우기 위해 돈 많은 평민들에게 돈을 받고 양반으로 상승시켜 주기도 하였다. 한편 당대 지배 관료층은 사회를 개혁하려는 의지가 부족하여 관료 사회의 부패가 심하였다.

무능력한 양반, 허욕에 찬 부자

당시의 상황을 배경으로 하여 양반의 무능력과 무위도식, 그리고 양반들의 부패를 폭로하는 동시에 관리들의 횡포를 비판하고, 재물로써 양반 신분을 향유하려던 상인 계급의 허욕을 풍자하고 있다.

작품 속의 양반은 성품이 어질고 글 읽기를 좋아하지만, 경제적인 능력이 없는 비생산적인 인물로 당시 사회의 변화를 읽지 못하는 구태의연한 인물로 비쳐진다. 양도 증서 속에 나타난 양반은 지나친 형식과 허위, 기만에 가득 차 지위를 이용해 재산을 모으고, 약자를 괴롭히는 불한당으로 묘사되어 있다.

부자는 재물로써 양반 신분을 취득하는 당시의 평민 부자들을 풍자한 인물이다. 양반의 신분이 탐났던 부자는 증서에 포함된 양반으로서 지켜야 할 여러 형식, 권위를 내세우고 위선과 불의를 자행하는 모습을 보고 결국 양반 되기를 포기하고 만다. 불합리한 사회 질서에 만족하며 살아가는 부자는 양반만큼 풍자의 대상은 아니지만 당대의 신분 질서를 흐리게 하는 중요 인물로 박지원은 부자를 통해 양반이라는 신분은 결코 매매나 양도의 대상이 될 수 없다고 주장하고 있다.

군수는 작가의 목소리를 대변하는 사람이다. 작가는 양도 증서에 양반의 위선적인 모습을 나타내어, 당시의 양반들이 스스로를 반성하고 모범적인 행동을 하게 되기를 원했던 것이다. 또한 양반들의 허물을 낱낱이 들추어냄으로써 당시 양반 계급의 관습을 개선하려는 의도를 보였다고 할 수 있다.

풍자와 해학의 골계미

웃음은 미적 개념으로 골계미에 해당된다. 풍자가 공격적 골계라면, 해학은 방어적 골계다. 이 두 가지 요소가 「양반전」을 이끌어 간다.

박지원은 양반의 관곡 보상 문제가 완전히 해결된 뒤에, 군수를 개입시킨다. 작가의 의도를 간접적으로 전달하는 같은 양반 계층인 군수는 부자에게 써 준 양반 증서를 통해 '명예와 절개를 지키지 못하고 선비로서의 도를 상실한 양반의 타락'을 풍자하면서, 한편으로는 해학적인 기지로 양반과 부자의 신분 매매 행위를 파기시켜 '양반 신분을 돈으로 사려고 하는 비천한 부자의 어리석음'까지 말하고 있다.

김신선전 金神仙傳

홍기는 대은(大隱)이라
노니는데 숨었다오.
세상이야 맑건 흐리건 청정을 잃지 않았으며
남을 해치지도 않고 탐내지도 않았네.
이에 「김신선전」을 짓는다.

『연암집 권 8 – 방경각외전』 '자서'

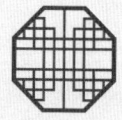

그는 아마도
뜻을 얻지 못해 울적하게 살다 간 사람일 것이다.

등장인물

김신선(김홍기) 주인공으로, 결혼하여 아들 하나를 낳고는 아내에게 다시 접근하지 않고 수년 동안 신선과 같은 행동을 하여 김신선이란 별명을 얻는다. 생김새도 특이하며, 신선과 같은 행세를 한다.

나(박지원) 20세를 전후해서 우울증을 앓던 박지원이 신선을 찾아 나선다.

김신선전

김홍기라는 인물이 '신선'으로 불리다

　김신선의 이름은 홍기다. 나이 열여섯 살 때에 장가들어서, 한 번 관계하여 아들을 낳았다. 그런 뒤에 다시는 아내를 가까이하지 않았다.
　곡식을 물리치고 벽만 바라보고 앉았더니, 두어 해 만에 몸이 별안간 가벼워졌다. 국내의 이름난 산들을 두루 찾아 노닐면서, 늘 한숨에 수백 리를 달리고는 해가 이르고 늦음을 따졌다. 다섯 해 만에 신을 한 번 바꿔 신었으며, 험한 곳을 만나면 걸음이 더 빨라졌다. 그가 언젠가 말하기를
　"옷을 걷고 물을 건너거나 달리는 배를 타면, 내 걸음이 오히려 늦어진다."
하였다. 그는 밥을 먹지 않기 때문에, 사람들은 그가 찾아오는 것을 싫어하지 않았다. 겨울에도 솜옷을 입지 않고 여름에도 부채질하지 않았으므로, 사람들은 그를 '신선'이라고 불렀다.

'나'는 김홍기를 만나려 노력한다

내가 예전에 우울증이 있었다. 그때 마침 '김선생의 방기(方技, 방법과 기술)가 가끔 기이한 효과를 내기도 한다'는 소문을 들었다. 그래서 그를 더욱 만나고 싶어 했다. 윤생(尹生)과 신생(申生)을 시켜서 남몰래 서울 안에서 그를 찾았지만, 열흘이 지나도 찾지를 못했다. 윤생이 이렇게 말하였다.

"지난번에 '김홍기의 집이 서학동에 있다'는 말을 들은 적이 있기에 지금 가 보았더니, 그게 아니었습니다. 사촌 형제들 집에다 자기 처자식만 부쳐(먹고 자는 일을 제집이 아닌 다른 곳에서 하여) 두었더군요. 그래서 그의 아들에게 물어보았더니, 이렇게 대답하더군요.

'우리 아버지는 한 해에 서너 번 다녀 가시곤 하지요. 아버지 친구 한 분이 체부동에 사시는데, 그는 술 좋아하고 노래도 잘 부르는 김 봉사라고 한다오. 누각동에 사는 김 첨지는 바둑 두기를 좋아하고, 그 뒷집 이 만호는 거문고 뜯기를 좋아하지요. 삼청동 이 만호는 손님 치르기를 좋아하고, 미원동 서 초관이나 모교 장 첨사 그리고 사복천에 사는 변 지승도 모두들 손님 치르기와 술 마시기를 좋아합니다. 이문(里門) 안 조 봉사도 역시 아버지 친구라는데 그 집엔 이름난 꽃들을 많이 심었고, 계동 유 판관 댁에는 기이한 책들과 오래된 칼이 있었지요. 아버지가 늘 그 집들을 찾아다녔으니, 당신이 꼭 만나려거든 그 몇 집들을 찾아보시오'

하는 것이었습니다.

그래서 그 집들을 두루 다녀 보았지만, 어느 집에도 없었습니다. 다만 저녁나절에 한 집에 들렀더니, 주인은 거문고를 뜯고 두 손님은 잠자코 앉아 있더군요. 흰머리에다 갓도 쓰지 않았습니다. 저 혼자서 '아마 이 가운데 김홍기가 있겠지' 생각하고 한참이나 서 있었습니다. 거문고 가락이 끝나기에 앞으로 나아가서, '어느 어른이 김 선생이신지요?' 하고 물었습니다. 주인이 거문고를 놓고는 '이 자리에 김씨는 없는데 너는 누구를 찾느냐?' 하더군요. 저는 '몸을 깨끗이 하고 찾아왔으니, 노인께서는 숨기지 마십시오.' 했더니 주인이 그제야 웃으면서 '너는 김홍기를 찾는구나. 아직 오지 않았어.' 하였습니다. '그러면 언제 오나요?' 하고 물었더니 이렇게 대답해 주더군요.

'그는 일정한 주인이 없이 머물고, 일정하게 놀러 다니는 법도 없지. 여기 올 때에도 미리 기일을 알리지 않고, 떠날 때에도 약속을 남기는 법이 없어. 하루에 두세 번씩 지나갈 때도 있지만, 오지 않을 때에는 한 해가 그냥 지나가기도 하지. 그는 주로 창동(남창동, 북창동)이나 회현방(회현동)에 있고, 또 동관, 이현(梨峴), 동현(銅峴, 구리개), 자수교, 사동, 장동, 대릉, 소릉 사이에도 가끔 찾아다니며 논다고 하더군. 그러나 그 주인들의 이름은 모두 알 수가 없어. 창동의 주인만은 내가 잘 아니, 거기로 가서 물어보게나.' 하였습니다.

곧 창동으로 가서 그 집을 찾아가 물었더니, 거기서는 이렇게 대답합디다.

'그이가 오지 않은 지 벌써 여러 달이 되었소. 장창교에 살고 있는 임 동지가 술 마시기를 좋아해서 날마다 김씨와 더불어 내기를 한다던데, 지금까지도 임 동지의 집에 있는지 모르겠소.'

그래서 그 집까지 찾아갔더니, 임 동지는 여든이 넘어서 귀가 몹시 어둡더군요.

그가 말하길, '에이구, 어젯밤에 잔뜩 마시고 아침나절 취흥에 겨워 강릉으로 돌아갔다우.' 하길래 멍하니 한참 있다가 '김씨가 보통 사람과 다른 점이 있습니까?' 하고 물었지요. 임 동지가 '한낱 보통 사람인데 유달리 밥을 먹지 않더군.' 하기에 '얼굴 모습은 어떤가요?' 물었지요. '키는 일곱 자가 넘고, 여윈 얼굴에 수염이 난 데다, 눈동자는 푸르고, 귀는 길면서도 누렇더군.' 하기에, '술은 얼마나 마시는가요?' 물었지요. '그는 한 잔만 마셔도 취하지만, 한 말을 마셔도 더 취하지는 않아. 그가 언젠가 취한 채로 길바닥에 누웠었는데, 아전이 보고서 이레 동안 잡아 두었지. 그래도 술이 깨지 않자, 결국 놓아주더군.' 하더군요. '그의 말솜씨는 어떤가요?' 물었더니 '남들이 말할 때에는 문득 앉아서 졸다가도, 이야기가 끝나면 웃음을 그치지 않더군.' 합디다. '몸가짐은 어떤가요?' 물었더니, '참선하는 것처럼 고요하고, 수절하는 과부처럼 조심하더군.' 하였습니다."

김홍기에 대한 소문만 들릴 뿐, 찾을 길이 없다

나는 일찍이 윤생이 힘들여 찾지 않았다고 의심한 적도 있었다. 그러나 신생도 수십 집을 찾아보았는데, 모두 만나지 못하였다. 그의 말도 윤생과 같았다. 어떤 사람은 말하기를

"홍기의 나이는 백 살이 넘었으며, 그와 함께 노니는 사람들은 모두

기인이다."

하였고, 또 어떤 사람은

"그렇지 않다. 홍기는 나이 열아홉에 장가들어서 곧 아들을 낳았는데, 지금 그 아이가 겨우 스물밖에 안 되었으니, 홍기의 나이는 아마 쉰 남짓일 거야."

하였다. 어떤 사람은

"김신선이 지리산에서 약을 캐다가 벼랑에 떨어져 돌아오지 못한 지 벌써 수십 년이나 되었다."

하였고, 또 어떤 사람은

"아직까지도 그 어둠침침한 바위 틈에서 무엇인지 반짝반짝 빛나는 게 있다."

하였다. 그러자 또 어떤 사람이

"그건 그 늙은이의 눈빛이야. 그 산골짜기 속에선 이따금 길게 하품하는 소리도 들려."

하였다. 그러나 지금 김홍기는 '오직 술이나 잘 마실 뿐이지, 무슨 술법이 있는 것도 아니고, 오로지 그의 이름만을 빌려서 행할 따름이다'라는 소문만 들린다. 그래서 내가 또 동자(童子) 복을 시켜서 그를 찾아다니게 하였지만, 끝내 찾지 못하였다. 그때가 계미년(癸未年)이었다.

단발령에서 소문을 듣고 찾아가지만 행방을 알 수 없다

그 이듬해 가을에 내가 동쪽 바닷가에서 놀다가, 저녁 무렵 단발령에 올라 금강산을 바라보았다. 그 봉우리가 일만 이천이라고 하는데, 그 산빛이 희었다. 산에 들어가니 단풍나무가 가장 많아서, 바야흐로 붉어 가고 있었다. 싸리나무, 가시나무, 녹나무, 예장나무 따위가 모두 서리를 맞아 노랗게 되었고, 삼나무와 노송나무는 더욱 푸르렀다. 그 밖에 사철나무가 많았는데, 산속의 기이한 나뭇잎들이 모두 누렇고 붉었다. 둘러보면서 즐기다가 가마를 멘 스님에게 물었다.

"이 산속에 혹시 도술을 통달한 이상한 스님이 있는가요? 더불어 노닐고 싶소."

"그런 스님은 없고, 선암에 벽곡(辟穀, 곡식 대신에 솔잎, 대추, 밤 등을 날것으로 조금씩 먹고 삶)하는 사람이 있다고 들었습니다. 영남에서 온 선비라고 하는데, 알 수 없습니다. 선암에 이르는 길이 험해서, 그곳까지 가본 사람이 없답니다."

밤중에 장안사에 앉아서 여러 스님들에게 물었지만, 모두 같은 대답을 하였다. 또

"벽곡하는 사람이 백 일을 채우면 떠난다고 하는데, 이제 거의 구십 일은 되었습니다."

하였다. 나는 '그이가 아마도 신선이겠지' 싶어서, 매우 기뻤다.

밤중에라도 곧 찾아가고 싶었다. 이튿날 아침 진주담 밑에 앉아서 같이 놀러 온 친구들을 기다렸다. 오랫동안 사방을 둘러보았지만, 모두들 약속을 어기고 오지 않았다. 마침 관찰사가 여러 고을을 순행(巡行, 여행이나 공부를 위해 여러 곳으로 돌아다님)하는 길에 금강산까지 들어와, 여러 절간에 묵으며 노닐고 있었다. 수령들이 모두 찾아와 음식을 장만하고, 나가

놀 때마다 따르는 스님이 백여 명이나 되었다. 게다가 선암까지 이르는 길이 높고 험해서 나 혼자는 갈 수 없으므로, 늘 영원암 백탑 사이에만 오가며 마음이 서운했다. 마침 비가 오래도록 내리므로 산속에서 엿새나 머물렀다. 그런 뒤에야 선암에 이르게 되었다.

  선암은 수미봉 아래에 있었다. 내원통에서 이십여 리를 가면 천 길이나 되는 커다란 바위가 깎은 듯이 서 있는데, 길이 끊어져서 쇠사슬을 잡고 공중에 매달려서 올라갔다. 그곳에 이르자 빈 뜨락에는 새 울음소리도 들리지 않았다. 탑(榻, 좁고 기다란 평상) 위에는 조그만 구리 부처가 있고, 다만 신 두 짝이 놓여 있을 뿐이었다. 나는 못내 섭섭해서 어정거리며 한참이나 바라보다가, 바위벽에 이름을 쓰고는 한숨을 내쉬면서 떠났다. 그곳에는 언제나 구름 기운이 둘러 있었고, 바람조차 쓸쓸했다.

  어떤 책에는 '신선(仙)이란 산에 사는 사람이다' 하였고, 또 어떤 책에는 '산에 들어가 있는 사람'을 신선(仙)이라고 한다 하였다. 신선(僊)이란 선선(僊僊, 너울너울)케 가벼이 공중으로 들려 오른다는 뜻이니만큼, 벽곡하는 사람이 꼭 신선이라고 할 수는 없다. 그는 아마도 뜻을 얻지 못해 울적하게 살다 간 사람일 것이다.

이야기 따라잡기

　김신선의 이름은 김홍기다. 16세에 장가들어 단 한 번 아내를 가까이해서 아들을 낳았다. 화식을 끊고 벽을 향해 정좌한 지 여러 해 만에 별안간 몸이 가벼워졌다. 그 뒤에 각지의 명산을 두루 찾아다녔다. 하루에 수백 리를 걸었으나, 5년 만에 한 번 신을 갈아 신었다. 험한 곳에 다다르면 더욱 걸음이 빨라졌다. 밥을 먹지 않아서 아무도 그가 찾아오는 것을 싫어하지 않았다. 겨울에 솜옷을 입지 않고 여름에 부채질을 하지 않았다.

　남들은 그런 그를 신선이라 불렀다. 키는 7척이 넘었으며, 여윈 얼굴에 수염이 길었고 눈동자는 푸르며 귀는 길고 누른빛이 났다고 한다. 술은 한 잔에도 취하지만 한 말을 마시고도 더 취하지는 않았고 남이 이야기하면 앉아서 졸다가 이야기가 끝나면 웃으며, 조용하기는 참선하는 것 같고, 조심하기는 수절 과부와 같았다고 말한다. 어떤 이는 김홍기의 나이가 백여 살이라고도 하고, 어떤 이는 쉰 남짓 되었다고도 하며, 지리산에 약을 캐러 가서 돌아오지 않은지가 수십 년이라고도 하고, 어두운 바위 구멍 속에 살고 있다고도 한다.

그 무렵 박지원은 마침 마음에 우울병이 있었는데 김신선의 방기(方技)가 기이한 효험이 있다는 소문을 듣고 그를 만나보고자 윤생과 신생을 시켜 몰래 탐문해 보았으나 열흘이 지나도 찾지 못하였다. 윤생은 김홍기가 서학동에 있다는 소문을 듣고 찾아갔으나 그는 사촌 집에 처자를 남겨 둔 채 떠나고 없었다. 그 아들에게서 홍기가 술, 노래, 바둑, 거문고, 꽃, 책, 고검(古劍) 따위를 좋아하는 사람들 집에서 놀고 있으리라는 말을 듣고 그를 찾았으나 아무 데도 없었으며 창동을 거쳐 임 동지의 집에까지 찾아갔으나 아침에 강릉으로 떠나갔다는 말만 듣는다. 다시 복(福)을 시켜서 찾아보았으나 끝내 만나지 못했다. 이듬해 박지원이 관동으로 유람 가는 길에 단발령을 넘으면서 남여를 메고 가는 어떤 스님으로부터 '선암에서 벽곡하는 사람이 있다'는 소문을 들었으며 또한 그날 밤 장안사에 승려들로부터 같은 이야기를 듣는다. 그러나 여러 날을 지체하여 선암에 올랐을 때에는 탑 위에 구리로 만든 부처와 신발 두 짝이 있을 뿐이었다.

서운함을 감추지 못하고 돌아서면서 '나'는 신선은 결국 뜻을 얻지 못해서 울적하게 살다 간 사람일 것이라는 생각을 하게 된다.

쉽게 읽고 이해하기

「김신선전」과 박지원

「김신선전」의 창작 시기는 본문 중에 '……그때가 계미년이었다. 다음해 가을 나는 동해로 여행을 떠났다'라는 구절에 비추어 보았을 때, 연암의 나이 28세 때인 갑신년(甲申年, 1764년) 이후에 쓰여졌음을 알 수 있다. 우울병에 시달리던 연암이 김홍기라는 사람을 만나려 애쓰다가 금강산에서 그일지도 모르는 사람의 행적을 발견하고는 신선에 대한 자신의 생각을 정리해 보는 단순한 내용이다. 박지원은 소문에만 등장하던 신선을 사실적으로 서술하며 그 신비로움을 벗겨 내고 신선이란 비현실적 세계관을 비판한다.

김홍기와 신선 사상

김홍기는 일정한 직업도 아무런 구애도 없이 현실을 도피한 채 멋대로 다니면서 기이한 생활을 하며 신선처럼 살아간다. 이러한 김홍기는 전통적

관념에 사로잡힌 허황된 인물이다.

  그래서 연암은 신선에 관한 기이한 사건들을 줄기차게 추적하고, '신선은 결국 뜻을 얻지 못해서 울적하게 살다 간 사람일 것이라는 생각을 하게 된다'라고 결론을 내린다.

  이것은 동양권의 작품에서 쉽게 발견할 수 있는 기존의 신선 사상에서 완전히 탈피하여 '벽곡을 하며 산에 들어가 숨어 사는 신선이란 자들은 현실 도피자'라는 새로운 해석을 내린 작품이라는 점에서, 단순한 구성이나 짧은 분량에도 높은 평가를 받을 만하다.

작은 배는 너무 무겁게 실으면 견디기 어렵고,
깊은 길은 혼자 다니기에 적당하지 않다.
— 『명심보감』

광문자전 廣文者傳

광문은 궁한 거지로서
명성이 실정보다 지나쳤네.
이름나기 좋아하지 않았음에도
형벌을 면치 못하였거든
더구나 이름을 도적질하여
가짜로써 명성을 다툰 경우리요.
이에 「광문전」을 짓는다.

『연암집 권 8 — 방경각외전』 '자서'

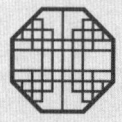

광문은 아무런 전당을 잡히지 않고도
천금을 대부받을 수 있는 신임이 있었다.

등장인물

광문 종로 네거리를 다니며 구걸하는 걸인이지만 의리와 신의가 있으며 재물에 대한 욕심도 없고, 남녀 평등에 대한 인식과 분수를 지키고 자유롭게 살기를 바라는 성격이다.

주인영감 광문이 동료들에게 쫓겨 도망치다가 우연히 들어가게 된 집의 주인. 광문의 정직함을 알아보고 약방 부자에게 추천하여 약방 점원이 되게 한다. 남을 돕기를 좋아하는 성격이고 주위 사람들에게 신뢰받고 있다.

운심 장안의 유명한 기생. 사람을 겉모습으로 판단하지 않는 지혜가 있다.

광문자전

누명을 쓰고 도망친 광문은 어떤 집주인 덕에 오해를 풀다

　광문(廣文)은 밥을 빌어먹으며 근근이 살아가는 거지였다.
　어느 날 구걸하기 위하여 종로 거리로 나갔었다. 그런데 여러 거지 아이들이 광문을 모셔다 저희들 두목으로 추대하였으며 자기들이 살고 있는 굴(窟)이나 가만히 앉아서 지키도록 하였다.
　하루는 눈비가 쏟아지는 몹시 추운 날인데 여러 거지 아이들이 모두 구걸하러 나갔다. 그런데 한 아이는 병으로 따라가지 못하였다. 아이는 춥고 아파서 슬피 느껴 울었다. 광문은 퍽 불쌍히 여겨 나가서 밥을 얻어다가 그 아이에게 먹이고자 돌아와 보니 이미 숨을 거둔 뒤였다.
　밥 빌러 나갔던 여러 거지 아이들은 집에 들어와 보고 광문이 죽인 것으로 의심하였다. 그래서 광문을 마구 때려서 내쫓아 버렸다. 광문은 캄캄한 밤에 허둥지둥 기어서 마을 어느 인가를 찾아 뛰어 들어갔다. 그런데 그 집 개가 놀라서 덤비며 마구 짖는 것이었다. 집주인은 광문을 붙

잡았다. 광문은,

"나는 원수를 피하기 위함이지 도적은 아닙니다. 주인님께서 믿지 못하시면 내일 아침에 장거리에 가서 알아보시면 됩니다."

하며 말하는 품이 퍽 순박해 보였다. 집주인은 속으로 광문이가 도적이 아님을 짐작하고 새벽에 놓아주었다. 광문은 사례를 하고 거적때기를 하나 얻어 가지고 가 버렸다. 집주인은 괴상하게 여겨 그 뒤를 따라가 보았다.

여러 거지 아이들이 한 시체(屍體)를 끌고 수표교(水標橋)까지 오더니 그 다리 밑에다 시체를 버리는 것이었다. 광문은 다리 밑에 숨었다가 거적 때기로 둘둘 싸서 등에다 걸머지고 서대문 밖 공동묘지에다가 묻어 주었다. 그러고는 슬피 울면서 무엇인가 중얼거렸다. 이것을 숨어서 보고 있던 집주인은 달려들어 광문의 손을 잡았다. 광문은 이때에 전후 사정 이야기를 남김없이 다 했다.

집주인의 소개로 약방에서 일하며 사람들의 신의를 얻다

이것을 듣고 집주인은 감탄한 나머지 광문을 데리고 자기 집으로 돌아와서 옷을 주는 등 후대하였다. 그리고 마침내 광문을 어느 약장사하는 부잣집에 천거(薦擧, 인재를 어떤 자리에 쓰도록 추천함)하여 주었다. 그 집에서 고용살이를 한 지 오래된 어느 날 그 집주인은 문밖으로 나가며 힐끔힐끔 뒤돌아보고 다시 방으로 들어와 살피고 다시 나가면서도 무엇인가 마음에 못마땅한 눈치였다. 볼일을 다 보고 돌아온 주인은 방 안을 살펴보고 깜짝 놀라며 광문을 노려보고 무엇인가 말하려다가 얼굴빛을 고치고는 말이 없었다. 광문은 무슨 영문인지도 모르고 다만 묵묵히 일할 뿐 주인 눈치가 불쾌하다고 해서 무단히 그 집을 떠날 수도 없는 노릇이었다. 며칠이 지난 뒤 그 집주인의 처조카 되는 사람이 돈을 가지고 와서 부자(주인) 보고 하는 말이,

"저번에 제가 아저씨한테 돈을 좀 취하고자 찾아왔었는데 마침 안 계셔서 방에 들어가서 돈을 가져갔습니다. 아마 아저씨는 모르셨을 것입니다."

하는 것이었다. 이 말을 들은 주인 부자는 크게 후회하며 광문에게 사과를 하였다.

"나는 옹졸한(성질이 너그럽지 못하고 속이 좁은) 사람이오. 공연히 그대의 마음을 상하게 해서 이제부터는 그대를 대할 면목조차 없소."

하며 아는 사람이나 친구인 부자나 또는 큰 장사꾼 그리고 종실과 높은 벼슬을 하는 사람에게까지 광문을 행실이 옳고 바른 사람으로 소개하고 칭찬하였다.

그래서 모든 사람들이 모여 앉기만 하면 으레 광문을 칭송하는 이야기로 꽃을 피웠다. 어느덧 두서너 달 사이에 사대부(士大夫)들까지도 광문을 옛날 어진 사람처럼 인식하게 되었다.

이때에 서울 장안에서는 모두들 후하게 대우하여 그를 천거해 준 사람을 어진 사람으로 보고 또한 약장사하는 부자 역시 훌륭한 인물이라고 칭찬하였다. 돈놀이하는 사람이 전당포(典當鋪, 물품이나 문서 등을 담보로 잡고 돈을 빌려주는 일을 하는 점포)를 하는 데 있어서 목걸이, 옷, 그릇, 그림

집, 토지 및 종문서 등 물품을 담보로 영업을 하는 것이 당연한 일인데 광문은 아무런 전당을 잡히지 않고도 천금을 대부(貸付, 이자나 기한을 정하여 돈을 빌려줌)받을 수 있는 신임이 있었다.

광문은 분수를 지키면서 자유롭게 살기를 바란다

그러나 광문은 지극히 얼굴이 못났었다. 말솜씨도 없어서 사람을 움직일 만한 능력이 없고 입은 커서 주먹 둘이 한꺼번에 들어갈 수 있을 정도였다. 게다가 아주 심한 장난꾸러기여서 별별 짓을 다 하였다. 그래서 어린애들은 상대방을 서로 헐뜯어서 말하기를,

"네 형이 달문(達文)이지."

하면 못난 것을 상징하므로 큰 욕이 되는 것이었다. 그것은 달문이 광문의 별명인 까닭이었다.

광문은 싸우는 사람을 만나면 웃통을 벗어젖히며 덤벼들고 무엇을 입으로 중얼거리며 엎드려서 땅에다 금을 긋고 잘잘못을 가리는 시늉을 하는 것이었다. 이것을 본 온 장터 사람들은 모두 웃고 싸우던 사람 또한 웃으며 헤어져 버린다.

광문은 나이 40이 넘도록 머리를 땋은 총각이었다. 사람들이 장가들기를 권하면,

"어여쁜 계집의 얼굴은 누구나 다 좋아하는 법이오. 그러나 이것은 남자에만 국한한 것이 아니지요. 여자도 또한 잘생긴 남자를 희망하거든요. 내가 이런 추한 얼굴을 하고서야 어찌 계집이 따르려구요."

또 어떤 사람이 집을 장만하라고 권하면,

"나는 부모 형제 처자가 없는데 집은 장만해서 무엇하오. 아침에 일어나 노래 부르며 시내에 들어가 밥을 얻어먹고 해가 저물면 부잣집 문턱에서 잔다고 해도 장안에 팔만 호가 있으니 날마다 그 장소를 옮겨도 내 정전에 다 끝나지 못할 것이오."

이렇게 대답하는 것이었다.

명기 운심도 꾸밈없는 광문의 장단에 춤을 시작한다

장안에 이름난 기생으로서 얼굴이 어여쁘고 노래와 춤을 잘해도 광문의 입에서 칭찬이 나오지 않으면 그 기생은 단 한 푼어치의 가치도 될 수 없었다.

어느 날 궁궐 안 별감(別監, 조선시대에 궁중의 각종 행사 및 차비에 참여하고 임금이나 세자가 행차할 때 호위하는 일을 맡아보던 하인)들이며 부마(駙馬, 임금의 사위)들 또는 그 아래서 일하는 사람들이 이름난 기생 운심(雲心)을 찾아갔다. 술상을 차려 놓은 가운데 장구, 거문고 등에 맞추어 춤추기를 부탁하며 애원하다시피 하였다. 그러나 운심은 자꾸 미루면서 춤출 생각은 꿈에도 하지 않는 것이었다. 마침 광문은 밤에 이들이 노는 집 밑에 다다라 머뭇거리다가 방에 뛰어들어가 상좌에 앉았다. 광문은 비록 다 떨어진 옷을 입었지만 아무 거리낌 없이 당당한 태도였다. 눈가가 짓물러 눈곱은 더덕더덕하고 술 취한 목소리로 중얼거리며 상투는 풀어서 머리는 산발하고 있었다. 술좌석에 앉았던 사람들은 크게 놀라서 서로 눈짓을 하며 광문을 몰아내 쫓아 버리고자 하였다. 그러나 광문은 더욱 다가 앉으면서 무릎을 치고 콧노래를 부르면서 장단을 맞추는 것이었다. 운심은 일어서더니 옷을 고쳐 입고 광문을 위하여 칼춤을 추기 시작하였다. 좌석은 즐겁게 놀았다. 그러고는 광문과 친구를 맺고 헤어졌다.

이야기 따라잡기

　광문은 청계천 변에 움막을 짓고 사는 거지의 우두머리로, 어느 날 동료들이 모두 걸식을 나간 사이에 병들어 누워 있는 거지 아이를 혼자서 간호하다가 그 아이가 죽어 버리자 동료들의 오해를 사게 되어 거기서 도망친다. 그러나 그는 다음 날 거지들이 버린 아이의 시체를 몰래 거두어 산에다 묻어 준다. 이것을 목격한 어떤 부자가 이를 가상히 여겨 그를 어느 약종상(藥種商)에 소개한다. 점원이 된 그는 그곳에서 정직함과 허욕이 없는 원만한 인간성으로 많은 사람의 인정을 받게 된다. 나이가 차서 결혼할 때가 되었으나 그는 자신의 추한 몰골을 생각하고 아예 결혼할 생각을 하지 않는다.
　광문의 인품이 널리 알려져 아무리 어여쁜 기생도 그의 칭찬을 받지 못하면 소용이 없었다. 장안에서도 가장 이름난 운심이란 기생은 귀인들이 몰려왔을 때는 춤을 추지 않으려 했으나, 남루한 복장에 추한 얼굴의 광문이 나타나자 흔연히 자리에서 일어나 그를 위해 춤을 추었다.

쉽게 읽고 이해하기

「광문자전」의 창작 동기

이 작품은 작가가 살고 있던 당시의 사회상을 생생하게 묘사한 사실주의적 작품으로 평가된다. 저작 연대는 자세히 알 수 없으나, 박지원이 18세 무렵(1754년경) 우울증을 얻어 밤이면 집안의 옛 청지기들을 불러 여염의 기이한 일들을 즐겨 듣곤 하였는데, 대개 광문에 관한 이야기였다고 한 기록이 『연암집』에 보인다.

새로운 인간형 광문

박지원은 거지 우두머리였던 광문을 통해, 권모술수가 판을 치던 당시 양반들에게 이상적으로 요구되는 인간상을 제시하고자 한다. 성실하고, 신의 있고, 인간의 가치를 통찰하며, 남의 어려움을 자신의 일처럼 생각하고 도울 수 있는 사람이 필요하다고 말한다.

광문은 우리가 고전소설에서 쉽게 볼 수 있는 것처럼 고귀한 혈통을 갖고 태어나거나 비범한 능력을 소유하지도 않은 인물이다. 이 작품은 거지를 주인공으로 삼고 있다는 점에서 그러한 일반적 경향과는 전혀 다른 새로운 시대의 새로운 인간형을 탐구하고 있는 것으로 볼 수 있다. 광문은 외모가 못생겼으며, 그 출신은 거지라는 최하층이다. 그러나 비렁뱅이로 살면서도 마음이 착해 항상 주위 사람들을 감동시킨다. 그는 착하고 신의가 있으며, 남의 어려움을 내 일처럼 생각하는 따뜻한 마음씨를 가지고 있고, 재물에 대한 욕심이 없다. 또한 남의 싸움을 익살스럽게 중재하는 재치가 있고, 남녀 평등 의식을 가지고 있으며, 사람을 보는 안목이 있고, 분수를 지키면서 자유롭게 살기를 바라는 인물이다.

　박지원은 실학자로서 광문을 통해 새롭게 다가올 시대에는 가문, 권력, 지위, 부, 미모 등에 의해 사람의 가치가 평가되는 것이 아니라 신의, 남을 배려하는 따뜻한 마음씨, 정직 등에 의해 평가되어야 한다고 말하고 있다.

반영론적 감상

　반영론은 말 그대로 작품이 작가가 살고 있는 시대의 현실을 반영한다는 뜻이다. 거지 우두머리 광문을 등장시켜 양반 사회에 대해 은근한 풍자를 하고 있다. 특히 광문의 유교적 덕목은 양반에게 꼭 필요한 덕목이기 때문이다.

　거지들이 버린 아이의 시체를 몰래 거두어 산에다 묻어 준 것은 의리(義理)를 아는 행위요, 약방 점원으로서의 성실한 생활은 신의(信義)를 실천하는 모습이다. 나이가 차서 결혼할 때가 되었으나 자신의 추한 몰골을 생각하고 아예 결혼할 생각을 하지 않는 것은 분수를 아는 행위이고, 기생을 찾아갔을 때 자신을 멸시하는 상대 앞에서 끝내 의젓한 기품을 잃지 않는 것은 군자의 풍모를 닮았다.

우상전 虞裳傳

아름다운 저 우상은
옛 문장에 힘을 썼네.
서울에서 사라진 예(禮)를 시골에서 구한다더니
생애는 짧아도 그 이름 영원하리.
이에 「우상전」을 짓는다.

『연암집 권 8 – 방경각외전』 '자서'

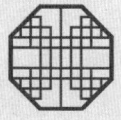

대체로 선비란
자신을 알아주는 이 앞에서는 재능을 펴고
자신을 몰라주는 이 앞에서는
재능을 펴지 못하는 법이다.

등장인물

우상　　이언진(1740~1766)이라는 실제 인물. 문장이 뛰어났으나 신분적 제약으로 불우한 일생을 보낸다. 역관으로 부사를 수행하고 일본에 다녀온 작품의 주인공이다. 박지원에게 혹평받고, 죽기 전에 원고 대부분 소각하였으나 아내가 빼앗아 『호동거실』 한 권을 보존했다. 유고집 『송목관신여고』가 있다.

매남　　우상의 스승 이용휴. 우상이 죽은 후 『송목관신여고』 중국본에 그를 애도하는 시를 남겼다.

우상의 아우　이언로. 우상이 일본으로 떠난 뒤 형이 보낸 편지를 받은 인물로 그 역시 문장에 뛰어난 것으로 보임. 「우상전」의 마지막에 '우상에게 아우가 있는데, 그 역시 능하였다' 라고만 하고 원문이 빠져 있어 아쉽게도 동생에 관한 자세한 내용이 없다.

우상전

일본이 우리나라에 사신을 보내 달라고 요청하다

　일본에 관백(關白, 옛날 일본에서 천황 대신 정사를 맡은 관직)이 새로 들어서자 (1761년 제10대 쇼군 도쿠가와 이에하루의 즉위를 말함), 널리 재정을 비축하고 이궁(離宮, 별궁)과 별관을 수리하고 선박을 정비하고서, 속국의 각 섬들에서 남다른 재주를 갖춘 검객과 기이한 기예를 갖춘 사람과 서화나 문학에 재능이 있는 인사를 샅샅이 긁어 내어, 도읍으로 불러 모아 놓고 수년 동안 훈련을 시킨 다음에, 마치 시험 문제 내기를 기다리기라도 하듯이 우리나라에 사신을 보내 달라고 요청해 왔다. 이에 조정에서는 3품 이하의 문관을 엄선하여 삼사(三使, 상사, 부사, 서장관)를 갖추어 보냈다. 사신을 보좌하는 이들도 모두 문장이 뛰어나고 식견이 많은 자들이었으며, 천문, 지리, 산수(算數), 복서(卜筮, 길하고 흉함을 점침), 의술, 관상, 무예에 뛰어난 자들로부터, 피리나 거문고 등의 연주, 해학이나 만담, 음주가무, 장기, 바둑, 말타기, 활쏘기 등에 이르기까지 한 가지 재주로써 나라 안에서 이름난 자들을 모두 딸려 보냈다. 그러나 그들은 시문과 서화를 가장 중하게 여겼으니, 조선 사람이 쓴 글을 한 자라도 얻는다면 양식을 지니지 않아도 천 리를 갈 수 있었다.

사신들이 거처하는 건물은 모두 비췻빛 구리 기와를 이었고 섬돌은 무늬를 아로새긴 돌이었으며 기둥과 난간에는 붉은 옻칠을 하고, 휘장은 화제주(火濟珠, 빛깔이 다양한 보석), 말갈아(靺鞨芽, 말갈 지역에서 나오는 붉은빛 보석), 슬슬(瑟瑟, 푸른빛 보석) 등으로 치장하고, 식기는 모두 금은으로 도금하여 사치스럽고 화려하였다.

천 리를 가는 동안 그들은 곳곳에 기묘한 볼거리를 제공하였을 뿐만 아니라, 하찮은 포정(庖丁, 소, 돼지, 개 따위를 잡는 일을 업으로 하는 사람)이나 역부(驛夫, 말을 관리하는 사람)에게까지도 의자에 걸터앉아 발을 비자(枇子) 나무로 만든 통에 드리우게 하고 꽃무늬 적삼 입은 왜놈 아이 종으로 하여금 씻어 주게 하였다. 이처럼 그들이 겉으로 순종하는 척하며 존모(尊慕, 받들어 공경하고 그리워함)의 뜻을 보였으나, 우리 역관들이 호랑이 가죽, 표범 가죽, 담비 가죽, 인삼 등 금지된 물건들을 가져다 보석과 보도(寶刀, 보배로운 귀한 칼)와 몰래 바꾸는 바람에 그곳의 거간꾼들이 이익을 노려 재물에 목숨을 걸기를 마치 말이 치달리듯 하니, 그 이후로는 왜인들이 겉으로만 공경하는 척할 뿐 더 이상 문명인으로 존모하지 않았다.

우상이 역관으로 따라가 문장으로 일본에 명성을 날리다

그런데 우상(이언진[李彦瑱]의 자[字]. 호는 운아[雲我], 송목관[松穆館])만은 한어(漢語)의 통역관으로 수행하여 홀로 문장으로 일본에 큰 명성을 날렸다. 이에 일본의 이름난 중이나 귀한 신분의 사람들이 모두 칭찬하기를, "운아(雲我) 선생은 둘도 없는 국사(國土, 나라 안에서 견줄 만한 사람이 없는 아주 뛰어난 선비)이다"라고 하였다. 오사카 동쪽에는 중들이 기생처럼 많고 절들이 여관처럼 즐비한데, 도박에 돈을 걸듯이 시문(詩文)을 지어 보이라고 요구하였다. 그들이 수전(繡牋, 수를 놓은 비단)과 화축(花軸, 꽃대)을 상에 그득 쌓아 놓고, 대개는 어려운 글제와 억센 운(韻)을 내어 궁지에 몰려 했으나 우상은 매번 즉석에서 읊어 대기를 마치 진작에 지어 놓은 것을 외우듯이 하였으며, 운을 맞추는 것도 평탄하고 여유가 있었다. 자리가 파할 때까지도 피로한 기색이 없었으며 기운 없는 글귀가 없었다.

그가 지은 「해람편(海覽篇)」(이언진의 『송목관신여고[松穆館燼餘稿]』와 이덕무의 『청장관전서[靑莊館全書]』에도 수록되어 있음)을 보면 다음과 같다.

> 대지 안에 널려 있는 일만 나라(마테오 리치가 만든 「곤여만국전도」를 가리킴)
> 바둑알 놓이듯 별이 깔리듯
> 머리 틀어 상투 쫓는 우월(于越, 중국 남방에 살았던 소수 민족의 하나)의 나라
> 머리를 박박 깎는 인도의 나라
> 소매 넓은 옷 입는 제로(齊魯, 제나라와 노나라. 공자와 맹자의 나라)의 나라
> 모포를 뒤집어쓰는 호맥(胡麥, 중국 북방의 흉노)의 나라

혹은 문명하여 위의를 갖추기도 하고
혹은 미개하여 음악이 요란스럽기만 하네
무리로 나뉘고 끼리끼리 모여서
온 땅에 펼쳐진 게 모두 인간인데
일본이란 나라를 볼작시면
깊은 파도 넘실대는 섬나라
숲 속엔 부목(부상[扶桑]. 해가 돋는 곳에서 자란다는 전설 속의 신목[神木]. 일본을 가리키는 말이기도 함)이 울창하여
그곳에선 해돋이를 볼 수 있고
여인네 하는 일은 비단에 수놓기요
토산품은 등자(橙子, 등자나무의 열매)와 귤이며
고기 중에 괴이한 게 낙지라면
나무 중에 괴이한 건 소철이라네
그 진산(鎭山)과 방전(芳甸, 방초 무성한 들판)은
구진성(句陳星, 천자를 상징하는 자미성을 고리처럼 둘러싸 호위하는 별들)처럼 차례로 늘어서 있어
남북으론 가을과 봄이 다르고
동서로는 낮과 밤이 갈라지도다
중앙은 그릇 엎어 놓은 것과 같아서
꼭대기엔 태곳적 눈이 영롱하네
그늘로 소 떼를 뒤덮는 큰 나무
까치 잡는 데나 쓰이는 흔한 옥돌과
단사나 금이나 주석들이
모두 다 산에서 흔히 나온다네
대판(大阪, 오사카)은 큰 도회지라
진기한 보물들은 용궁의 보물을 다 털어 낸 듯
기이한 향연은 용연향(龍延香, 고래의 분비물로 만든 향료의 이름)을 사른(불

에 태운) 것이요
　보석은 아골석(鴉鶻石, 청록색 보석)을 쌓아 놓았네
　입에서 뽑은 코끼리 어금니
　머리에서 잘라 낸 무소 뿔
　페르시아의 상인들도 눈이 부셔 하고
　절강의 저자들도 빛이 바랬네
　(『송목관신여고』에는 "수레를 밀며 떼 지어 몰려가니 수많은 거간꾼들 늘어섰는데"라는 구절이 추가되어 있음)
　온 섬이 지중해를 이루어
　오만가지 산 것들이 구물거려라
　돛을 펼친 후어(鱟漁, 참게)의 등이며
　깃발을 달아맨 해추(海䱪, 긴흰수염고래)의 꼬리며
　다닥다닥 붙은 굴은 벌집 같은데
　굴 더미 등에 진 거북은 소굴에서 쉬네
　산호 바다로 문득 변하니
　번쩍번쩍 음화(陰火, 산호가 물속에서 내는 빛)가 타오르고
　검푸른 바다로 문득 변하니
　수만 개가 뿌려진 큰 별 작은 별
　커다란 염색 가게로 문득 변하니
　천 필의 능라 비단 찬란도 하고
　커다란 용광로로 문득 변하니
　오금(五金, 금, 은, 구리, 철, 주석의 다섯 가지 금속)의 빛이 터져 퍼지네
　용이 하늘을 가르며 힘차게 나니
　천 벼락 만 번개가 치고
　발선(髮䱽, 드렁허릿과의 민물고기, 뱀장어와 비슷함)과 마갑주(馬甲柱, 꼬막)는
　신비하고 기괴해 마구 얼을 빼네
　백성들은 알몸에다 관을 썼는데

독하게 쏘아 대니 속이 전갈 같구나
일 만나면 죽 끓듯 요란 떨고
사람을 모략할 땐 쥐처럼 교활하네
이익을 탐낼 땐 물여우가 독을 쏘듯
조금만 거슬려도 돼지처럼 덤벼들고
계집들은 남자에게 농지거리 잘하고
아이들은 잔꾀를 잘 부리네
조상은 등지면서 귀신에 혹하고
살생을 즐기면서 부처에 아첨하네
글자는 제비 꼬락서니 못 면하고
말은 때까치 울음소리나 다를 바 없네
남녀 간은 사슴처럼 문란하고
또래끼리는 물고기처럼 몰려다니며
씨불대는 소린 새 지저귀듯
통역들도 잘 알지 못한다네
진귀한 풀과 나무들은
나함(羅含, 동진[東晉] 때 사람이며 상수[湘水] 지역의 산수를 다룬 『상중산수기[湘中山水記]』를 썼음)조차 자기 책을 불사를 지경
수없이 뻗어 있는 물길들은
역생(酈生, 북위[北魏] 때 사람이며 『수경주[水經注]』라는 지리학 서적을 썼음)조차 항아리 속 진디등에(우물 안 개구리)로 만드네
요사스러운 수족(水族, 물속에 사는 동물)들은
사급(思及, 예수회 선교사 줄리오 알레니[Julio Aleni]의 자[字], 각국의 풍물을 소개한 『직방외기[職方外紀]』를 썼음)조차 도설(『직방외기』)을 덮게 하고
도검에 새겨진 꽃무늬와 글자들은
정백(貞白, 도홍경[陶弘景]의 시호, 각국 인물들의 도검에 대해 기술한 『고금도검록[古今刀劍錄]』을 썼음)이 속편을 다시 지어야 하리

지구에 관한 시비곡직(서양의 지원설[地圓設]과 중국의 천원지방설[天圓地方
設]을 말함)
해도(海島, 대해에 떠 있는 대륙)에 대한 갑론을박은(서양의 오대주설[五大州
設]과 불교의 사대륙설[四大州設]을 말함)
서태(西泰, 서양) 이마두(利瑪竇, 마테오 리치[Matteo Ricci]의 자[字])가
치밀하고 명쾌하게 밝혀 놓았네
변변찮은 내가 이 시를 지어 바치노니
말은 촌스러워도 뜻은 퍽 진실하이
이웃 나라와 잘 지내는 큰 계략 있으니
잘 구슬려서 화평을 잃지 마소

우상은 문장으로 우리 나라를 빛낸 사람이다

위의 시로 볼 때 우상 같은 자는 이른바 '문장으로 나라를 빛낸 사람'이라는 칭송을 받을 만한 자가 아니겠는가. 신종(神宗) 만력(萬曆) 임진년(壬辰年)에 왜적 평수길(平秀吉)이 군사를 몰래 출동시켜 우리나라를 엄습하여, 우리의 삼도(三都, 경주, 한양, 평양)를 유린하고 우리의 노약자들을 코를 베어 욕보였으며 왜철쭉과 동백을 우리나라 각지에 심었다. 우리 소경대왕(昭儆大王, 선조[宣祖])이 의주로 피난을 가서 천자께 사연을 아뢰자, 천자가 크게 놀라 천하의 군사를 동원하여 동으로 구원을 보냈다.

당시에 대장군 이여송(李如松), 제독(提督) 진린(陳璘)·마귀(痲貴)·유정(劉綎)·양원(楊元)은 모두 다 옛날 명장의 기풍이 있었으며, 어사(御史) 양호

(楊鎬) · 만세덕(萬世德) · 형개(邢玠)는 재주가 문무(文武)를 겸하고 도략이 귀신을 놀라게 할 만했으며, 그 군사 역시 모두 진봉(秦鳳) · 섬서(陝西) · 절강(浙江) · 운남(雲南) · 등주(登州) · 귀주(貴州) · 내주(萊州)의 날랜 기병과 활 잘 쏘는 군사들이며, 대장군의 가동(家僮, 집안의 심부름 따위를 맡아서 하는 어린 사내 종) 일천여 명과 유계(幽薊, 거란이 지배했던 유주와 계주 등 연운 16주)의 검객들이었다. 그런데도 끝내 왜적과 화평을 맺고 겨우 나라 밖으로 몰아내는 데에 그치고 말았다.

  수백 년 동안 사신의 행차가 자주 강호(江戶, 에도. 지금의 도쿄)를 내왕하였다. 그러나 사신으로서 체통을 지키고 임무를 수행하는 데에 치중하느라 그 나라의 민요, 인물, 요새, 강약의 형세에 대해서는 마침내 털끝만큼도 실상을 파악하지 못한 채 그저 왔다 갔다만 하였다. 그런데 우상은 힘으로는 붓대 하나도 이기지 못할 정도였지만, 그 나라의 정화(精華, 어떤 사물에서 가장 깨끗하고 순수한 알짜)를 붓끝으로 남김없이 빨아들여 섬나라 만리의 도성(都城)으로 하여금 산천초목이 다 마르게 하였으니, 비록 '붓대 하나로써 한 나라를 무너뜨렸다'고 말하더라도 지나친 말은 아닐 것이다.

  우상의 이름은 상조(湘藻, 이언진의 또 다른 이름)다. 일찍이 손수 제 화상(畵像, 초상화)에 제(題)하기를,

    공복백(供奉白, 당나라 시인 이백[李白])과 업후필(鄴候泌, 당나라 문장가 이필[李泌])이
    철괴(鐵拐, 중국 전설의 팔선[八仙] 중 하나인 이철괴[李鐵拐])와 합쳐 창기(倉起)

가 되니
　　　옛 시인과 옛 선인
　　　옛 산인이 모두 다 이씨(李氏)라네

했는데, 이(李)는 그의 성이요, 창기(滄起)는 그의 또 다른 호이다.

일본에서 더 유명한 우상은 때를 만나지 못한 사람이다

　대체로 선비란 자신을 알아주는 이 앞에서는 재능을 펴고 자신을 몰라주는 이 앞에서는 재능을 펴지 못하는 법이다. 교청(鵁鶄, 푸른 백로)과 계칙(鸂鶒, 자색의 원앙새)은 새 중에서도 보잘것없는 새이지만, 그럼에도 제 깃털에 도취되어 물에 비추어 보고 서 있다가 다시 하늘을 맴돌다 내려앉거늘, 사람이 지닌 문장을 어찌 고작 새 깃털의 아름다움에 비하겠는가. 옛날에 경경(慶卿, 중국 전국시대의 유명한 자객인 형가[荊軻]. 그의 본디 성이 경[慶]이며 경[卿]은 존칭일 것으로 추측됨)이 밤에 검술을 논하자 개섭(蓋聶)이 성을 내며 눈총을 주어 나가게 하였으며, 고점리(高漸離)가 축(筑, 중국의 옛 악기. 열세 줄의 현악기임)을 연주하자 형가가 화답하여 노래하더니 이윽고 주위에 아랑곳하지 않고 서로 붙들고 운 일이 있었다. 무릇 그 즐거움이야 극에 달했겠지만, 더 나아가 울기까지 한 것은 무엇 때문인가? 마음이 복받쳐서 엉겁결에 슬퍼진 것이다. 비록 그 당사자에게 물어본다 해도 역시 그때 제 마음이 무슨 마음이었는지를 알지 못할 것이다. 사람이 문장으로써 서로 높이고 낮추고 하는 것이 어찌 구구한 검사(劍士)의 한 기예 정도에 비할 뿐이겠는가? 우상은 아마도 때를 제대로 만나지 못한 사람일까? 그의 말에 어쩌면 그렇게도 슬픔이 많단 말인가? 그의 시에,

>   닭의 머리 위 벼슬은 높기가 관과 같고
>   소의 축 처진 멱미레(소의 턱밑 살)는 크기가 전대(돈 넣는 자루) 같네
>   집에 있는 보통 물건이란 하나도 기이할 것 없지만
>   크게 놀랍고 괴이한 건 낙타의 등이로세
>   (이 시는 『송목관신여고』 「동호거실[衕衚居室]」의 한 수로 수록되어 있음)

하였으니, 우상은 늘 자신을 남다르게 여겼던 것이다. 병이 위독하여 죽게 되자 그동안 지어 놓은 작품들을 모조리 불태우면서,

"누가 다시 알아주겠는가."

하였으니, 그 뜻이 어찌 슬프지 아니하랴! 공자가 말하기를,

"재주 나기가 어렵다는 말은 참으로 맞는 말 아니겠는가."(『논어』 「태백」)

하였고, 또,

"관중(管仲)은 그릇이 작다."(『논어』 「팔일」)

하였다. 자공(子貢)이 묻기를,

"저는 무슨 그릇입니까?"

하니, 공자가 말하기를,

"너는 호련(瑚璉, 중국 주나라 때, 오곡을 담아 신에게 바칠 때 쓰던 제기)이다."(『논어』 「공야장」)

하였다. 이는 자공의 재주를 칭찬하면서도 작게 여긴 것이다. 그러므로 덕은 그릇에 비유되고 재주는 그 속에 담기는 물건에 비유된다.

『시경』에 이르기를 "결이 쪼록쪼록 저 옥 술잔이여, 황금빛 술(울창주 [鬱鬯酒], 울금향을 넣어 빚은 향기나는 술로 제사에 썼음)가 그 속에 들었도다"라 했고, 『주역』에 이르기를 "솥이 발이 부러져 공(公)의 먹을 것이 엎어졌도다" 했으니, 덕만 있고 재주가 없으면 그 덕이 빈 그릇이 되고, 재주만 있고 덕이 없으면 그 재주가 담길 곳이 없으며, 있다 해도 그 그릇이 얕으면 넘치기가 쉽다. 인간은 천지와 나란히 서니 바로 삼재(三才)가 된다. 그러므로 귀신은 재(才)에 속하며 천지는 큰 그릇이 아니겠는가? 깔끔을 떠는 자에게는 복이 붙을 데가 없고, 남의 정상(情狀, 있는 그대로의 사정과 형편)을 잘 꿰뚫어 보는 자에게는 사람이 붙지를 않는 법이다.

문장이란 천하의 지극한 보배이다. 오묘한 근원에서 정화(精華)를 끄집어내고, 형적이 없는 데서 숨겨진 이치를 찾아내어 천지 음양의 비밀을 누설하니, 귀신이 원망하고 성낼 것은 뻔한 일이다. 재목[木] 중에 좋은 감[才]이 있으면 사람이 베어 갈 생각을 하고, 재물[貝] 중에 좋은 감[才]이 있으면 사람이 뺏어갈 생각을 한다. 그러므로 재목 재(材) 자와 재물 재(財) 자 속에 잇는 '재(才)' 자의 글자 모양이 밖으로 삐치지 않고 안으로 삐치는 것이다.

  우상은 일개 역관에 불과한 자로서, 나라 안에 있을 때는 소문이 제 마을 밖을 벗어나지 못하였고 벼슬아치들이 그의 얼굴조차 몰랐다. 그런데 하루아침에 이름이 바다 밖 만 리의 나라에 드날리고, 몸소 곤어(鯤漁, 북쪽 대해의 큰 물고기)와 고래와 용과 악어의 소굴까지 뒤졌으며, 솜씨는 햇빛과 달빛으로 씻은 듯 환히 빛났고, 기개는 무지개와 신기루에 닿을

듯이 뻗치었다.

 그러므로 '재물을 허술하게 보관하는 것은 훔쳐가라고 가르쳐 주는 것이나 다름없다'고 한 것이며, '물고기란 못을 떠날 수 없는 법이니 이기(利器)를 남에게 보여 주면 안 된다'고 한 것이다. 어찌 경계하지 않을 수 있겠는가.

 승본해(勝本海, 현 나가사키 북쪽 이키섬[壹崎島]에 소속된 지명으로 그 일대 바다를 가리킴)를 지나면서 다음의 시를 지었다.

> 맨발의 왜놈 사내 몰골조차 괴상한데
> 압색(鴨色, 오리 머리 빛깔인 녹색)의 윗도리 등엔 별과 달이 그려져 있네
> 꽃무늬 적삼 입은 계집들 달음질해 문 나서니
> 머리 빗다 못 마친 양 그 머리 동여맸네
> 어린아이 칭얼대며 어미젖을 빨아대니
> 어미가 등을 토닥이자 울음소리 잦아드네
> 이윽고 북 울리며 관인(官人, 우리나라 사신)이 들어오니
> 오만 눈이 둘러싸고 활불(活佛)인 양 여기누나
> 왜놈 관리 무릎 꿇고 절하며 값진 보물 올리는데
> 산호랑 대패(大貝, 큰 바닷조개)를 소반 받쳐 내오누나
> 주인과 손님이 늘어섰으나 실로 벙어리인 양
> 눈짓으로 말을 하고 붓끝으로 얘기하네
> 왜놈의 관부(官府)에도 정원 풍취 풍부하여
> 종려나무 푸른 귤이 뜨락에 가득 찼네

(이 시는 「일기도[壹崎島]」라는 제목으로 『송목관신여고』에 수록되어 있음)

배 안에서 치질 병이 생겨 누워서 매남(梅南, 이언진의 스승인 이용휴[李用休]의 호) 스승님의 말씀을 생각하며 다음의 시를 지었다.

    공자의 유교와 석가의 불교는
    각각 경세와 출세로서 해라면 달이로세
    서양 선비 일찍이 오인도(五印度, 오천축, 인도는 동, 서, 남, 북, 중의 5부로 구획되어 있음)에가 보았으나
    과거나 현재에 부처 하나 없었다오
    유가에도 장사꾼이 있기로는 마찬가지
    붓과 혀를 까불려서 괴이한 학설 퍼뜨려
    산발을 하고 뿔이 난 채 지옥에 떨어진다 하니
    생시에 남 속인 죄 마땅히 받으리라
    해독의 불길이 진단(震旦, 고대 인도에서 중국을 일컫는 말)의 동쪽(일본)에도 미쳐 와서
    화려하고 큰 절들이 도시와 시골에 널렸구려
    섬 백성 흘겨보며 화복으로 겁을 주니
    향화(香火)와 공양미가 끊일 날이 없고말고
    비하자면 제 자식이 남의 자식 죽여 놓고
    들어와 봉양하면 어느 부모 좋아하리
    육경이 중천에서 밝은 빛을 비추는데

이 나라 사람들은 눈에 옻칠한 듯하네

양곡(暘谷, 해 뜨는 곳. 일본)이나 매곡(昧谷, 해 지는 곳. 중국)이 이치가 둘이겠나

순종하면 성인 되고 배반하면 악인 되네

우리 스승 나더러 대중에게 고하라기

목탁 대신 이 시 지어 네거리에 울리노라

('일양의 배 안에서 혜환 스승님의 말씀을 생각하며'라는 제목으로 『송목관신여고』에 수록)

우상의 이러한 시들은 모두 후세에 전할 만하다. 나중에 머물렀던 곳을 다시 들렀더니 그새 이 시들이 모두 책으로 인출(印出, 책이나 간행물을 인쇄하여 발행함)되었다고 한다.

박지원이 우상의 글을 세상에 남기고자 「우상전」을 쓰다

나는 우상과는 생전에 서로 알지 못했다. 그러나 우상은 자주 사람을 시켜 나에게 시를 보여 주며 하는 말이,

"유독 이분만이 나를 알아줄 수 있을 것이다."

했다기에, 나는 농담 삼아 그 사람더러 이르기를,

"이거야말로 오농(吳儂, 오나라 사람들의 간드러진 말투)이니 너무 아니꼽고 좀스러워 값나갈 게 없다."

했더니, 우상이 성을 내며,

"창부(倡部, 시골뜨기. 오나라의 육기[陸機]가 동생 육운[陸運]에게 보낸 편지에서 그의 문학적 경쟁 상대로서 중원 출신 좌사[左思]를 '창부'라고 비웃은 적이 있다. 이언진은 자신과 연암의 관계를 육기와 좌사의 관계에 비긴 것이다)가 약을 올리는군!"
하고는 한참 있다가 마침내 한탄하며 말하기를,
"내가 어찌 세상에 오래갈 수 있겠는가?"
하고 두어 줄의 눈물을 쏟았다기에, 나 역시 듣고서 슬퍼했다.

얼마 후 우상이 죽으니 그의 나이 스물일곱 살이었다. 그의 집안사람이 꿈속에서, 신선이 술에 취하여 푸른 고래를 타고 가고 그 아래로 검은 구름이 드리웠는데 우상이 머리를 풀어 헤치고 그 뒤를 따라가는 것을 보았다고 한다. 얼마 후에 우상이 죽으니, 사람들 가운데는 "우상이 신선이 되어 떠났다"고 하는 이들도 있었다.

아! 나는 일찍이 속으로 홀로 그 재주를 아꼈으나 홀로 억누른 것은, 우상의 나이가 아직 젊으니 머리를 숙이고 도(道)로 나아간다면, 글을 저술하여 세상에 남길 만하다고 여겼기 때문이다. 그런데 지금 와 생각하니 우상은 필시 나를 좋아할 만한 사람이 못 된다고 여겼을 것이다.

우상의 죽음에 대해 만가(輓歌, 죽은 사람을 애도하는 노래)를 지은 이(우상의 스승 이용휴. 『송목관신여고』 중국본에 그가 지은 「만이우상[輓李虞裳]」이라는 제목의 오언고시 10수가 실려 있음)가 있어 노래하기를,

    오색을 두루 갖춘 비범한 새가
    우연히도 지붕 꼭대기에 날아 앉았네

뭇 사람들 다투어 달려가 보니
놀라 일어나 홀연 자취를 감추었네

하였고, 그 두 번째 노래에,

까닭 없이 천금을 얻고 나면
그 집엔 재앙이 따르는 법
더구나 이처럼 세상에 드문 보배를
오래도록 빌릴 수 있으리오.

하였고, 그 세 번째 노래에,

조그마한 하나의 필부였건만
죽고 나니 사람 수가 준 걸 알겠네
세도와 관련된 일이 아니겠는가
사람들은 빗방울처럼 많다마는

하였다. 또 노래하기를,

그 사람은 쓸개가 박만냥 크고
그 사람은 눈빛이 달같이 밝고
그 사람은 팔목에 귀신 붙었고
그 사람은 붓끝에 혀가 달렸네

하였고, 또,

> 남들은 아들로써 대를 잇지만
> 우상은 그렇게 하지 않았지
> 혈기야 때로는 끊어지지만
> 명성은 끊길 날이 없으리

하였다.

나는 이전에 우상을 보지 못하여 매양 한스럽게 여겼는데, 그 문장까지 불살라서 남은 것이 없다 하니, 세상에 그를 알 사람이 더욱 없게 되었다. 그래서 상자 속에 오래 수장한 것을 꺼내어 그가 예전에 보여 준 것을 찾았는데, 겨우 두어 편뿐이었다. 이에 모조리 다 기록하여 우상전을 지었다.

우상에게 아우가 있는데, 그 역시 능하였다. (이하 원문 빠짐)

이야기 따라잡기

 1763년 일본 관백이 새로 취임하여 사신을 청하므로 조정에서는 3품 이하의 문신들을 뽑아 심사를 갖추고 사신 일행을 엄선하여 보냈다. 우상은 역관의 자격으로 수행하였으나 문장으로 격찬을 받았다. 그들은 우상에게 어려운 글제와 억센 운(韻)을 내어 궁지에 몰려 했으나 우상은 매번 즉석에서 읊어 대기를 마치 진작에 지어 놓은 것을 외우듯이 하였으며, 운을 맞추는 것도 평탄하고 여유가 있었다. 자리가 파할 때까지도 피로한 기색이 없었으며 기운 없는 글귀가 없었다.
 우상의 문장이 이와 같이 뛰어났음에도 신분이 역관이기 때문에 세상 사람들이 그의 문장을 인정해 주지 않았다. 그러므로 그는 항시 그것을 슬퍼하였다.
 연암이 우상과 만난 일은 없었으나, 우상이 사람을 통해 자신의 시를 연암에게 전하면서 "이 사람만은 나를 알아주지 않겠는가" 했는데, 연암은 우상의 시가 뛰어남을 알면서도 혹평을 해서 그가 더욱더 분발하도록 유도한다. 그러나 우상은 병이 위독하여 죽게 되자, 자신이 지은 글을 불태운 뒤에

27세의 젊은 나이로 요절한다.

 스승 이용휴는 우상이 죽은 후 『송목관신여고』 중국본에 「만이우상(輓李虞裳)」이라는 제목의 5언 고시 10수를 남긴다.

 박지원은 자기의 상자를 뒤져서 우상의 글을 찾아 「우상전」을 꾸몄다고 한다.

쉽게 읽고 이해하기

우상과 박지원

「우상전」은 1766년 역관인 우상 이언진이 죽자, 그의 행적과 남긴 시를 모아 엮은 전기 형식의 작품이다. 『연암집 권8 – 방경각외전』에 실려 있는데, 끝 부분은 없어져 전해지지 않는다.

연암은 우상 이언진이 통역관으로 뛰어난 문장 실력을 갖추고 있었지만, 양반이 아닌 미천한 역관의 신분이기에 "국내에 있을 때엔 그의 명예가 거리에 나지 않고, 사대부들 중에 그의 얼굴을 아는 이가 드물지만, 해외에 나가서는 뛰어난 문장으로 이름을 떨쳤다"고 말한다.

연암은 우상과 잘 알지 못하는 사이였으나 그의 시를 보고 그가 재주 있는 인물임을 알고 많은 관심을 가졌다. 그의 뛰어난 문장은 결코 버릴 수 없다는 것을 강조하고 그와 같은 인물이 널리 알려지지 않음을 안타까이 여기며, 그 실력을 알아주지 못한 당대의 신분제와 인재 등용의 허실을 비판하고 있다.

우상 이언진(1740~1766)

생전의 활동은 1759년 역과에 13등으로 합격해 두 차례 중국에 다녀오고, 1763년 통신사를 따라 일본에 다녀온 것이 전부였다. 그때 그는 25세 청년이었다. 이언진은 일본에서 돌아온 1764년 이후 자신의 시문을 모아『송목관집(松穆館集)』을 엮었으나 이 문집은 전하지 않는다. 다만 스승인 이용휴의 서문과 여항 시인 김숙이 쓴 발문이 전해지고 있다. 박지원에게 혹평을 받고 충격을 받은 그는 원고 대부분을 죽기 전에 불살라 버렸지만, 다행히도 아내가 불길 속에 뛰어들어 일부를 건져내「호동거실(衚衕居室)」한 권을 보존하여 지금까지 전해진다.

사후, 철종 시대에 김석준, 이상적 등의 역관 시인들이 중국에서 유고집을 간행하였다. 그의 원고는 '피를 토하는 글'이라는 뜻의 구혈초(嘔血草)라고도 불렸고, 유고집은 '타다 남은 글'이라는 뜻의『송목관신여고(松穆館燼餘稿)』라는 이름으로 간행되었다.

「우상전」을 통해서 존재가 알려진 천재 시인 이언진은 만인의 평등을 주장하였으며, 차별과 억압으로부터 해방된 사회를 꿈꾸었다. 한마디로 그는 조선의 이단아였고 천재였다.

그의 대표작「호동거실(衚衕居室)」은 170수의 연작시다. 호동(衚衕)은 가난한 하층민이 주로 사는 '골목길'을 뜻한다.

> 호동에 가득한 사람들 그 모두 성현(聖賢)
> 배고파 고통에 시달리고 있어도.

양지(良志)와 양능(良能)을 지니고 있음을

맹자가 말했고 나 또한 말하네

─「호동거실」 19

스승 이용휴는 제자의 유고집 서문에서 이렇게 평했다
"생각이 현묘한 지경까지 미쳤으며, 먹을 금처럼 아꼈고, 문구 다듬기를 마치 도가에서 단약(丹藥)을 만들 듯했다. 붓이 한 번 종이에 닿으면 전할 만한 글이 되었다. 남보다 뛰어나기를 구하지 않았는데도 사람들 가운데 그보다 나은 사람이 없었다."

이덕무는 "책 읽기를 좋아하여 먹고 자는 것까지 잊었다. 다른 사람에게 귀중한 책을 빌리면 소매에 넣어 가지고 돌아오면서, 집에 올 때까지 기다리지 못해 길 위에서 펼쳐 보며 바삐 걸어오다가 사람이나 말과 부딪치는 것도 알지 못했다"고 기록했다. 그는 타고난 천재일 뿐만 아니라 노력하는 천재였다.

호질 虎叱

박지원이 산해관에서 연경으로 가는 도중
옥전현에 묵게 되었을 때
심유붕이라는 소주 지방 사람의 가게 벽 위에
걸려 있는 글을 발견했다.
같이 갔던 정진사라는 인물과 함께 글을 베꼈다.
"선생은 이걸 베껴 무얼 하시려는 건가요?"
심유붕이 묻자
"내 돌아가서 우리 나라 사람들에게 한번 읽혀서
모두들 허리를 잡고 한바탕 웃게 할 작정입니다.
이걸 읽으면 아마 입안에 든 밥알이
별처럼 날아갈 것이며
튼튼한 갓끈이라도 썩은 새끼처럼 끊어질 겁니다."

『연암집 권 12 – 열하일기』 '관내정사' 7월 28일

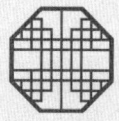

"어허, 네가 선비란 놈이냐? 냄새 한번 지독하구나."

등장인물

호랑이   사람은 아니지만 겉으로만 선비이며 열녀인 척하는 위선적인 인간들을 꾸짖고 비판하는 역할을 한다.

북곽선생   학식이 높고 인품이 훌륭하다고 알려져 있는 선비로, 벼슬을 싫어하는 척하는 인물이다. 사람들의 존경을 받고 있지만 사실은 허례허식만을 좇고 하는 일 없이 살고 있으며 남몰래 젊은 과부와 사랑을 나누고 있다. 위선적이고 아첨을 잘 하는 당시의 사대부 양반들을 대표하고 있다.

동리자   나라에서 열녀문까지 받은 열부이지만 사실은 성이 다른 다섯 아들을 두고 있는 이중적인 인물이다. 남몰래 북곽선생을 만나다가 아들들에게 들킨다.

다섯 아들   아버지가 다른 동리자의 아들들이다. 자기 어머니와 만나고 있는 북곽선생을 둔갑한 여우인 줄 알고 습격한다.

농부   북곽선생이나 동리자와 같은 위선적인 양반이 아니라 일반 서민층에 속하는 인물이다.

호질

호랑이가 부하들과 먹잇감을 논하다

　호랑이는 사리에 밝고 성스러우며, 문무(文武)를 다 갖추고 있었다. 또한 인자하고 효성이 지극하며, 슬기롭고 어질며, 기운차고 날래며, 용맹스럽고 사나워 그야말로 천하에 맞설 자가 없었다.
　그러나 기는 놈 위에 나는 놈이 있다는 격으로 비위(狒胃, 상상 속의 맹수. 이후에 나오는 죽우, 박, 오색 사자 등도 마찬가지임)라는 짐승은 호랑이를 잡아먹고, 죽우(竹牛)도 호랑이를 먹고, 박(駁)도 호랑이를 잡아먹고, 오색 사자는 호랑이를 큰 나무 구멍에서 잡아먹고, 자백(兹白)도 호랑이를 잡아먹고, 표견(豹犬)은 날면서 호랑이와 표범을 잡아먹고, 황요(黃要)는 호랑이와 표범의 심장을 꺼내어 먹는 등, 호랑이를 잡아먹는 사나운 짐승으로 알려져 있다.
　한편 활(猾)이란 동물은 뼈가 없기 때문에 호랑이가 꿀떡 삼켜 버리면 뱃속에 들어가서 그 간을 떼어 먹으며, 추이(酋耳)란 짐승은 호랑이를 갈

기갈기 찢어 잡아먹는 습성이 있다. 그리고 호랑이가 맹용(猛㺟)을 만나면 무서워서 눈을 감고 보지도 못한다. 그러나 사람은 이와는 반대로 맹용을 두려워하지 않고, 오히려 호랑이를 무서워한다. 어쨌든 그 위엄이란 굉장하다.

호랑이가 개를 잡아먹으면 술을 마신 것처럼 취하지만, 사람을 잡아먹으면 신이 된다. 호랑이가 사람을 한 번 잡아먹으면 그 창귀(倀鬼, 사람이 동물에게 물려 죽어 된 귀신)는 굴각(屈閣)이란 귀신이 되어 호랑이의 겨드랑이에 붙어 살면서 호랑이를 남의 집 부엌에 인도하여 솥을 핥게 하면 그 집주인이 갑자기 배고픔을 느껴 한밤중이라도 아내더러 밥을 짓게 한다. 호랑이가 두 번째로 그 사람을 잡아먹으면 그 창귀는 이올(彛兀)이란 귀신이 되어 호랑이의 광대뼈에 붙어 높은 곳에 올라가 모든 것을 잘 살핀다. 만약 산골짜기에 이르러 함정이 있으면 먼저 가서 위험이 없도록 함정을 치워 놓는다. 호랑이가 세 번째로 사람을 잡아먹으면 그 창귀는 육혼(鬻渾)이란 귀신이 되어 늘 턱에 붙어 그가 평소에 잘 알던 친구의 이름을 많이 알려 준다.

어느 날 호랑이가 이 세 창귀를 불러 놓고 말하였다.

"오늘도 곧 날이 저무는데 무엇을 먹으면 되느냐?"

굴각이 대답했다.

"제가 아까 점을 쳐 보았습니다. 뿔을 갖고 있지도 않고 날개도 없는, 검은 머리를 가진 놈입니다. 눈 위에 낸 발자국이 비뚤비뚤 듬성듬성 났으며, 뒤통수에 꼬리가 붙어 꽁무니를 감추지 못하는 그런 놈입니다."

그때 이올이 말했다.

"동쪽 문에 먹을 것이 하나 있습니다. 그놈의 이름은 의원이라고 합지요. 의원은 입으로 온갖 약초를 다루고 먹으니 그 고기도 아주 맛있는 줄로 아옵니다. 그리고 서쪽 문에도 먹음직스러운 것이 있는데 그건 무당입죠. 그 계집은 천지신명께 예쁘게 보이려고 매일 정성스럽게 목욕하여 깨끗하고 맛있는 계집이오니 의원과 무당 계집 둘 중에서 골라 잡수시면 어떨까요?"

그러나 호랑이는 수염을 쓰다듬으면서 거만한 얼굴로 말했다.

"의원을 먹으란 말이냐? 의(醫, 의술)란 의(疑, 의심스러움)가 아니더냐? 자기가 의심나는 것이 있으면 사람들을 시험해서 해마다 수만 명이나 죽이는 놈들이 아니냐. 또 무당을 먹으라니 이게 무슨 말이냐? 무(巫, 무속)란 무(誣, 무고, 사실을 속임)라고 하지 않더냐? 결국 무당이란 것들은 공연히 뭇 귀신을 속이고 사람들에게 거짓말만 하여 그 때문에 어처구니없게 목숨을 잃어버리는 자가 해마다 수만 명이나 된다. 그래서 여러 사람의 노여움이 무당들의 뼛속에까지 스며들어 금잠(金蠶, 벌레의 이름, 금잠의 똥을 음식 속에 넣으면 독이 된다고 함)이란 벌레가 되어 그들의 뼛속에서 득실거리고 있단 말이야. 그렇게 독기가 있는 고기들을 어떻게 먹는단 말이더냐?"

그러자 육혼이 말했다.

"저기 말입죠, 유림(儒林)이란 숲이 있사온데, 거기에 선비라고 부르는 고기가 있습니다요. 인자한 간(肝)과 의기로운 쓸개를 가진 고기입죠. 충성스런 마음을 지니고 지조도 고결하고, 음악을 연주하고 예의를 실천하고 있습지요. 거기다 입으로는 온갖 학자들의 주장들을 달달 외우고,

마음속으로는 만물의 이치를 통달했습니다요. 덕이 아주 높은 선비라고 이름합지요. 등덜미가 오붓하고 몸집이 아주 두툼해서 신맛, 쓴맛, 매운맛, 단맛, 짠맛 모두 가지고 있습지요."

호랑이는 그제야 눈썹을 치켜세우고 침을 흘리며 하늘을 쳐다보고 씽긋 웃으며 말했다.

"흐음, 좀 더 자세히 듣고 싶구나."

그러자 모든 창귀들이 서로 다투어 가며 추천했다.

"이 세상의 이치는 음과 양으로 나뉘어 이것을 도(道)라고 하지 않습니까. 선비들이 이 도를 꿰뚫고 있어요. 또 선비들은 금, 목, 수, 화, 토와 같은 오행(五行)이 서로 생겨나게 하고, 음(陰), 양(陽), 풍(風), 우(雨), 회(晦), 명(明)과 같은 육기(六氣, 여섯 가지 기운)를 서로 화합하게 해 준다니, 이보다 맛좋은 먹거리가 있겠습니까?"

그러나 호랑이가 이 말을 듣고 문득 걱정스러운 얼굴로 시큰둥하게 말했다.

"아니야, 음과 양은 원래 하나의 기운에서 나왔어. 그걸 둘로 나누었으니 그 고기가 잡스럽지 않겠느냐. 게다가 오행이라는 게 모두 자기가 있어야 할 데에 있어야 하는데, 처음부터 어느 것이 어느 것을 생겨나게 하다니, 그놈들이 억지로 그것을 서로 어미와 자식처럼 떼어 내어 짜고 신맛 같은 것까지도 나누어 놓았으니 그 선비 놈들의 고기가 맛이 제대로 있겠느냐. 육기라는 것도 말이야, 스스로 움직이는 것이지 화합하여 이끌어 주는 것이 아니야. 그런데 그 선비라는 것들이 요망스럽게 천지의 도리를 이루어 합리적이 될 수 있도록 도와준다는 식으로 지껄이면서 제멋대로 자기의 공만을 세우려고 하니, 그 선비 놈을 먹게 되면 분명 고기가 딱딱해 목이 멜 거야. 구역질이 나고 소화가 제대로 되기나 하겠느냐?"

북곽선생이 동리자 집에서 도망치다 똥구덩이에 빠지다

정(鄭)나라 어느 고을에 벼슬자리를 탐탁하게 여기지 않는 선비가 살았는데, 그를 '북곽선생(北郭先生)'이라고 불렀다.

북곽선생은 마흔 살이 되었을 때 자신이 직접 잘못된 글자나 어구를 고친 책이 무려 만 권이 넘었으며, 선비들이 꼭 배워야 하는 아홉 가지 경전의 뜻을 덧붙여 설명한 것까지 합하면 만 오천 권이나 되었다. 천자가 그의 행동과 뜻을 갸륵하게 여기고 제후들은 그 이름을 존경하고 있었다.

한편 그 고을 동쪽에는 동리자(東里子)라는 젊고 아름다운 과부가 살았다. 천자는 동리자의 절개를 갸륵하다고 생각했고, 제후들은 그 어진 마음을 흠모하였다. 그래서 그 고을의 사방 몇 리나 되는 땅을 주어 '동리과부지려(東里寡婦之閭, 동리 과부의 마을)'라고 하여 착한 행실을 세상에 드러내어 널리 알렸다. 이처럼 동리자가 수절을 잘하는 과부라고 사람들은 알고 있는데, 사실은 슬하의 다섯 아들이 저마다 성이 달랐다.

어느 날 밤, 다섯 명의 아들들이 서로 지껄였다.

"강 건너 마을에서 닭이 울고, 강 저편 하늘에 샛별이 반짝이는데 방 안에서 흘러나오는 말소리는 어찌도 그리 북곽선생의 목소리와 닮았을까."

하고 다섯 아들들이 차례로 문틈으로 엿보았다.

이때 동리자가 북곽선생에게 간청했다.

"오랫동안 선생님의 덕(德)을 사모했는데, 오늘밤은 선생님 글 읽는 소리를 듣고 싶습니다."

북곽선생은 옷깃을 바로 잡고 점잖게 무릎을 꿇고 앉아서 『시경(詩經)』에 있는 시를 읊었다.

> 원앙새는 병풍 안에서 노닐고, 반딧불 깜빡이며 날고 있네.
> 보통 솥도 있고 발 달린 솥도 있는데, 무엇을 본떠 그렇게 만들었나.
> 흥(興)이로다.

다섯 아들들이 서로 소곤대었다.

"『예기(禮記)』라는 책에 말이야, 과부의 집 문에는 함부로 들어가면 안 된다고 했잖아. 북곽선생님은 점잖은 어른이시잖아. 그런 어른이 어떻게 과부의 방에 들어왔겠어? 우리 마을 성문이 무너져 여우 구멍이 생겼다고 해. 또 여우란 놈은 천 년을 묵으면 사람 모양으로 둔갑할 수 있다는 말을 들었어. 저건 틀림없이 그 여우란 놈이 북곽선생으로 둔갑한 게 분명해."

다섯 아들들은 서로 의논했다.

"여우의 갓을 얻으면 큰 부자가 될 수 있다는 말도 들었어. 여우의 신발을 얻으면 대낮에도 그림자를 감출 수 있고, 여우의 꼬리를 얻으면 애

교를 잘 부려 남들이 기뻐한다고 해. 우리 저놈의 여우를 때려잡아 나눠 갖자."

다섯 아들들이 방을 둘러싸고 우르르 쳐들어갔다. 북곽선생은 크게 당황하여 도망쳤다. 사람들이 자기를 알아볼까 겁이 나 모가지를 두 다리 사이로 들이박고 귀신처럼 춤추고 낄낄거리며 문을 나가서 도망가다가 그만 들판에 있는 구덩이 속에 빠져 버렸다. 그 구덩이에는 똥이 가득 차 있었다.

호랑이가 북곽선생을 꾸짖다

간신히 둑을 붙잡고 기어올라 머리를 들고 바라보니, 뜻밖에 호랑이가 길목에 앉아 있는 것이 아닌가. 호랑이는 북곽선생을 보고 얼굴을 찡그리고 구역질을 하면서 코를 싸쥐고 머리를 옆으로 돌리며 말했다.

"어허, 네가 선비란 놈이냐? 냄새 한번 지독하구나."

북곽선생은 머리를 조아리고 호랑이 앞으로 기어가 세 번 절하고 무릎을 꿇고 올려다보며 말했다.

"호랑이님의 덕은 참으로 훌륭하십니다. 위대한 사람들은 호랑이님의 변화를 본받고, 임금들은 호랑이님의 걸음걸이를 배우며, 자식 된 사람은 호랑이님의 효성을 배우고, 장수들은 호랑이님의 위엄을 취하옵니다. 신령스런 용과 짝을 이루어 이름도 거룩하시어, 바람과 구름의 조화를 부리시니, 저처럼 이 땅에 사는 천한 사람은 감히 호랑이님의 그늘을 벗어나지 못하옵니다."

그러나 호랑이는 북곽선생을 사정없이 꾸짖었다.

"내 앞에 가까이 오지 말라. 지난번에 선비는 아첨꾼이라는 말을 들었는데 과연 그렇구나. 네놈이 평소에는 이 세상에서 가장 나쁜 악명을 모조리 나에게 덮어씌우더니, 이제 다급해지니까 얼굴을 맞대고 낯간지럽게 아첨하는데 누가 네놈의 말을 곧이듣겠느냐?

이 세상의 본성이란 똑같아 호랑이의 성품이 악하다고 한다면 사람의 성품도 악한 법이고, 반대로 사람의 성품이 착하다면 호랑이의 성품도 착한 법이지.

너는 평소에 언제나 천 가지, 만 가지 말이라도 오상(五常, 사람이 마땅하게 지켜야 하는 다섯 가지 도리)에서 벗어나지 않고, 언제나 사강(四綱, 예의와 염치)에 빗대어 남을 권유하고 훈계하는데, 사람들이 많이 사는 도시나 고을에서 형벌을 받아 코가 없어지고 발꿈치를 베이고 얼굴에 먹물로 문신을 당하는 자는 모두 오상을 따르지 않는 사람이다. 게다가 이런 형벌에 쓰이는 먹물이나 도끼, 톱 같은 것들이 모자랄 정도로 네놈들이 저지르는 악한 짓은 끝이 없어.

우리 호랑이 세계에는 이런 형벌이 없어. 그러니 호랑이가 사람보다 착하지 않느냐?

우리 호랑이들은 풀이나 나무를 먹지 않고, 벌레나 물고기도 먹지 않고, 술처럼 몸에 안 좋은 것도 마시지 않고, 젓이나 알 같은 자질구레한 것들은 아예 먹지도 않는다. 산에 들어가 노루나 사슴을 사냥하고 들에 내려가면 소나 말을 잡아먹지. 그러나 우리 호랑이들은 지금까지 먹거리 때문에 서로 다툰 적이 없고, 먹거리를 갖고 관청에다 고소한 적도 없다. 그러니 우리 호랑이들의 행동이 올바르지 않느냐?

　우리가 사슴이나 노루를 잡아먹을 때는 너희들이 우릴 욕하지 않지. 그런데 말이나 소를 잡아먹으면 우릴 원수라고 떠들지. 사슴이나 노루는 너희들한테 은혜를 베풀어 주는 짐승이 아니고 말이나 소는 너희에게 공이 있기 때문에 그러는 거겠지.

　그런데 말이다. 너희들은 말이나 소가 너희들을 태워 주고 충성하는 은혜는 저버리고, 날마다 죽여 푸줏간을 가득 채우고 뿔이나 말갈기 같은 것은 하나도 버리지 않고 모조리 쓰고, 그것도 부족한지 산에 들어가서는 사슴이나 노루를 잡아들여 우리들 먹거리를 없애고 들에서도 우리들 먹거리를 없애고 있지. 그러니 하늘이 공평하다면 내가 너를 잡아먹는 게 도리이지 않겠느냐? 이렇게 하는 게 공평하지 않겠느냐?

　자기 물건이 아닌데도 그것을 가져간다면 그건 도둑이야. 남의 생명을 해치고 물건을 강제로 빼앗으면 그건 도적이지. 너희들은 낮이고 밤이고 바쁘게 돌아다니며 두 팔 걷어붙이고 두 눈 부릅뜨고 남의 물건 멋대로 빼앗고도 부끄러운 줄도 모르지. 심한 놈들은 돈을 보고 형님! 하고 부르고, 또 옛날 중국 전국시대에 살던 오기(吳起)라는 놈은 자기 아내를 죽여 장수가 되려고 한 적도 있었지. 이런 자들이 오륜이나 오상이나 하는데 어떻게 같이 말할 수 있겠느냐?

　더 심한 것은 메뚜기의 양식을 빼앗아 먹고, 누에의 옷을 빼앗아 입고, 벌의 단 꿀을 빼앗아 먹고, 개미의 알로 젓을 담가 제사 음식으로 쓰기나 하고 있어. 정말 잔인하고 야박하기로 사람보다 더한 것이 있겠느냐?

너희들은 이치를 말하고 성품을 말하면서 걸핏하면 하늘에 핑계를 대고 있지. 그런데 말이다. 하늘의 운명으로 본다면, 호랑이나 사람은 다 이 만물 중의 하나야. 생물을 만드는 하늘의 사랑을 생각한다면 호랑이나 메뚜기나 누에나 벌이나 개미 모두 사람처럼 동물이야. 그러니 서로 빼앗고 정복하면 안 돼.

또 옳고 그름으로 따져 보자. 벌이나 개미집을 뒤져 그들의 것을 빼앗아 오는 것을 본다면 이 세상에서 사람만큼 큰 도둑이 있겠느냐? 메뚜기나 누에를 죽이고 그들의 밑천을 빼앗아 오는 것을 본다면 이 세상에서 사람만큼 큰 도적이 있겠느냐?

이전부터 우리들이 표범을 잡아먹지 않은 것은 표범이 우리와 같은 무리라서 차마 죽일 수 없기 때문이야. 그리고 우리들은 너희들처럼 사슴과 노루를 그렇게 많이 잡아먹지도 않아. 우리들이 잡아먹는 사슴과 노루는 너희들이 잡아먹은 사슴과 노루보다 숫자가 적어. 또 우리들이 잡아먹은 말은 너희들이 잡아먹은 말보다 숫자가 적지. 우리들이 잡아먹은 사람의 숫자는 너희들이 서로 죽인 사람의 숫자보다 훨씬 적지.

지난해 중국의 관중(關中)에 큰 가뭄이 들었을 때 백성들끼리 잡아먹은 숫자가 수천 명이나 되고 그전 해에 산동 지방에 큰 홍수가 나자 백성들끼리 잡아먹은 숫자가 수만 명이야. 그래도 따져 보면 저 춘추전국시대에 비하면 그 숫자는 아무것도 아니지. 춘추전국시대에 덕이나 정의를 세운다고 하여 전쟁을 열일곱 번이나 일으켰고, 원수를 갚는다고 일으킨 전쟁이 서른 번이니, 그들의 피는 천 리나 흘렀고 시체는 백만 명이나 되었어.

하지만 우리 호랑이의 집은 홍수나 가뭄의 피해를 받지 않으니 하늘을 원망할 필요가 없지. 원수나 은혜를 모르니 다른 것에 거스를 만한 일도 없어. 운명을 알고 있어서 순리대로 살고 있으니 무당이나 의원의 간교함에 유혹되지도 않고 자기 생긴 대로 살아가고 타고난 성품에 충실하니 세속의 이익에 흔들리지도 않지. 그러니 호랑이는 슬기롭고 성스러운 거야.

호랑이 무늬를 보아라. 온 세상의 모든 무늬를 다 보여 주고 있어. 게다가 작은 무기 하나 없어도 날카로운 발톱과 어금니를 갖고 온 세상에 위엄을 보여 주지. 종묘의 제기나 술잔에 호랑이 무늬를 넣는 것은 세상에 효도를 널리 펼치기 위한 것이야. 호랑이는 인자하기 때문에 사냥도 하루에 한 번만 하고, 까마귀나 솔개, 개미들과 같이 나누어 먹고 있어. 거기다 아첨하는 자, 몹쓸 병이 든 자, 부모의 상을 치는 자는 잡아먹지 않으니 이것을 본다면 아주 의로운 짐승이지.

거기에 비하면 너희들은 참으로 치사한 것들이야. 너희들이 짐승들을 어떻게 잡아먹는지 알고나 있느냐? 덫이나 함정 놓는 것도 모자라 새 그물, 노루 그물, 큰 그물, 삼태 그물, 물고기 그물, 수레 그물 따위를 쳐놓아 온 세상에 화를 퍼트리는 데 일등이지. 거기다 쇠꼬챙이, 양날창, 팔모창, 도끼, 세모창, 긴창, 투구, 가마솥 등에다 돌로 만든 탄환을 쏘는데 소리가 산을 무너뜨리고 불꽃이 음양의 이치를 파괴할 기세이고 폭음은 천둥소리 같아.

그래도 모자라서 부드러운 털을 빨아 아교풀에 붙여 마치 대추씨처럼 날카롭게 만들어 길이가 한 치도 안 되지만, 오징어가 쏜 먹물에 담갔다가 가로 세로로 찌르고 치고 하니 이것은 칼같이 날카로운 놈, 창같이 갈라진 놈, 화살같이 곧은 놈, 활처럼 굽은 놈들이다. 이것들이 한 번 발동하면 온갖 귀신이 밤에 나와 울 정도로 가혹하니 사람들끼리 서로 못 살게 하는 괴로움 이상으로 더 큰 것이 있겠느냐?"

북곽선생이 반성하다

북곽선생이 양심에 찔려 자리에 일어났다가 다시 머리를 구부려 두 번 절한 다음 머리를 조아리고 말하였다.

"맹자가 말하기를 아무리 몹쓸 사람이라도 목욕하고 마음을 깨끗이 하면 하늘도 섬길 수 있다고 했습니다. 이 땅에 사는 하찮은 선비가 감히 호랑이님의 가르침을 받겠습니다."

그러고는 숨을 죽이고 가만히 들었으나 아무런 소리도 나지 않았다. 북곽은 황공한 마음으로 다시 절하고 우러러보니 동쪽 하늘이 밝아 오고 호랑이는 이미 어디론가 가고 말았다. 그때 밭을 갈러 가던 농부가 이상스럽다는 표정으로 물었다.

"선생님, 어쩐 일로 이렇게 이른 아침에 들에 나와 절을 하십니까?"

북곽선생이 얼른 변명하였다.

"『시경』에 이르기를, '하늘이 아무리 높다고 해도 머리를 구부리지 않으면 안 되고, 땅이 아무리 두꺼워도 살며시 딛지 않으면 안 된다'고 하였네."

이야기 따라잡기

　호랑이는 성스럽고 용맹스러운 짐승이다. 그런 호랑이를 잡아먹는 비위, 중우 등과 같은 여러 짐승들이 있지만 사람들은 오히려 이런 짐승들보다 호랑이를 가장 무서워한다.
　어느 날 밤, 호랑이가 창귀들을 불러 무엇을 잡아먹을지 의논한다. 굴각이 제일 먼저 재주도 없고 힘도 없는 일반 백성을 추천하자 호랑이는 대답도 하지 않는다. 그러자 이올이 의원이나 무당을 추천했지만 호랑이는 안색을 바꾸면서 의원은 의심이 많은 인간이고 무당은 사람들을 속이는 인간으로 해마다 수만 명의 사람들을 죽이고 있으니 죽은 사람들의 분노가 뼛속까지 사무치고 독이 배어 있어 먹을 수 없다고 말한다. 그러자 육혼이 다섯 가지 맛을 골고루 갖추고 있다는 이름 높은 고귀한 선비를 추천한다. 호랑이는 비로소 침을 흘리며 좀 더 자세히 듣고자 한다. 이에 창귀들이 다투어 선비를 추천하지만 호랑이는 유교 사상의 모순을 비판하며 잡아먹어도 소화가 잘 되지 않을 것이라고 말한다.

한편 정나라 어느 고을에 북곽선생이라는 이름 높은 선비가 살고 있었다. 북곽선생은 마흔 살에 이미 1만 권이나 되는 책의 글자나 구절을 바로잡은 대학자이며, 아홉 가지 경전의 뜻을 풀이해서 책으로 엮은 것만 해도 1만 5천 권이나 되었다. 천자는 그런 북곽선생을 아름답게 여기고 제후들도 북곽선생을 흠모했다.

같은 고을에 동리자라는 과부가 살고 있었다. 동리자는 한결같이 수절을 하여 천자가 동리자를 어여쁘게 생각하고 제후들 역시 동리자를 흠모해서 그 마을에 '동리자가 사는 마을'이라는 이름까지 붙여 주었다. 하지만 동리자는 성이 서로 다른 다섯 아들을 두고 있었다.

어느 날 북곽선생과 동리자가 밤에 동리자의 방에서 만나 서로 정담을 주고받고 있을 때 문밖에서 다섯 아들이 엿듣게 되었다. 다섯 아들은 뒷산에 사는 여우가 북곽선생으로 변하여 어머니를 홀리는 것이라고 생각하고 여우를 잡자고 방으로 뛰어 들어간다. 이에 북곽선생은 화들짝 놀라 머리를 다리 사이에다 박고 귀신 흉내를 내며 황급히 도망갔다. 그러다 그만 구덩이에 빠지고 말았는데 똥구덩이였다. 겨우 구덩이에서 올라와 목을 내밀었더니 그 앞에 호랑이가 버티고 있는 것이 보였다. 호랑이는 북곽선생의 몸에서 나는 냄새에 몸서리를 친다. 북곽선생은 호랑이에게 세 번 절하고 꿇어 앉아 호랑이의 덕을 찬양하며 살려 달라고 애원한다. 호랑이는 선비라는 것은 아첨꾼이라며 북곽선생을 비롯한 선비들의 위선적인 생활을 엄히 꾸짖는다.

북곽선생은 호랑이의 질타를 들으며 납작 엎드려 숨을 죽이고 있다가 오래도록 아무 소리가 없어 고개를 들어 보니 이미 날이 밝아 있고 호랑이는 어디론가 사라지고 없었다. 이때 새벽에 밭을 갈러 온 농부가 북곽선생을 발견하고 이런 새벽에 무엇을 하냐고 물어보았다. 북곽선생은 『시경』의 글귀를 말하며 자신의 비참한 모습을 변명했다.

쉽게 읽고 이해하기

『열하일기』와 「호질」

「호질」은 『연암집 권 12 – 열하일기』 '관내정사' 7월 28일에 실려 있는 글이다.

박지원이 산해관에서 연경으로 가는 도중 옥전현(玉田縣)에 묵게 되었을 때 심유붕(沈由朋)이라는 소주(蘇州) 지방 사람의 가게 벽 위에 걸려 있는 글을 발견하고 같이 갔던 정 진사라는 인물과 함께 글을 베꼈다. "선생은 이걸 베껴 무얼 하시려는 건가요?" 심유붕이 묻자 "내 돌아가서 우리 나라 사람들에게 한번 읽혀서 모두들 허리를 잡고 한바탕 웃게 할 작정입니다. 이걸 읽으면 아마 입안에 든 밥알이 별처럼 날아갈 것이며 튼튼한 갓끈이라도 썩은 새끼처럼 끊어질 겁니다"라며 장담을 하고 이 글을 베낄 때 정 진사는 중간부터, 자신은 처음부터 베꼈다. 숙소에 돌아와 살펴보았더니 정 진사가 베낀 부분에 잘못 쓴 글자와 빠뜨린 자구가 무수히 많아 도무지 문맥이 통하지 않아 대략 자신의 뜻으로 얽어서 한 편의 작품으로 만들었다.

연암은 '호질후지(虎叱後識)'에서, 「호질」은 원래 지은이의 성명은 없으나 아마 가까운 시기에 어느 중국 사람이 청조(淸朝)의 위선적인 정책과 그러한 청조에 곡학아세(曲學阿世, 바르지 못한 학문으로 세속의 인기에 영합하려 애씀)하며 편안함을 추구한 한족 출신 유학자들에 대해 비분강개(悲憤慷慨, 슬프고 분하여 의분이 북받침)를 이기지 못하여 지은 것으로 보인다고 하였으며, 또한 제목이 없었는데 글 중의 '호질' 두 글자를 뽑아 제목을 삼았음을 밝힌다.

원래부터 박지원은 소설을 쓸 때, 거리에서 전해오는 이야기를 듣고 쓰는 경우가 많았다. 「민옹전」, 「광문자전」, 「김신선전」, 「열녀함양박씨전」 역시 들은 이야기를 소설로 꾸며 쓴 것이다. 따라서 「호질」 역시 박지원이 전해 오는 이야기를 자신의 생각에 맞게 다시 정리하여 쓴 작품이라고 할 수 있다.

「호질」의 구성

「호질」은 호랑이와 창귀들의 장소인 산속, 북곽선생과 동리자가 만나는 마을, 북곽선생과 호랑이가 만나는 들판, 총 세 장면으로 구성되어 있다.

첫 번째 장면인 산속에서는 호랑이와 호랑이를 잡아먹는 10여 종의 짐승들이 나열되고 귀신의 세계인 산속 이야기가 그려진다. 여기서 호랑이와 창귀들이 먹을거리에 대해 논의하고 결국 선비가 호랑이의 먹이로 추천된다.

두 번째 장면에서는 북곽선생과 동리자의 만남을 그린다. 군자라고 칭송받는 북곽선생은 열녀라고 소문난 동리자와 밤늦게 만나 은밀한 이야기를 나누다가 동리자의 다섯 아들들에게 여우로 오해받아 도망친다. 이때 북곽선생은 밭둑으로 가다가 그만 들판 가운데 있는 똥구덩이에 빠지게 된다. 이 장면에서는 세상 사람들에게 칭송받는 북곽선생과 동리자의 철저한 이중성을 보여 준다.

마지막 장면은 똥구덩에서 기어 나와 호랑이를 맞닥뜨린 북곽선생이 목숨을 구걸하는 장면이다. 목숨을 구걸하는 북곽선생에게 호랑이는 선비의 아첨, 인간의 잔인함과 영악함을 호랑이와 비교하며 호되게 꾸짖는다. '호질(虎叱, 호랑이의 꾸짖음)'이라는 이 작품의 제목은 바로 이 장면에서 따온 것으로 호랑이가 인간의 그릇됨을 호되게 꾸짖는다는 내용을 담고 있다.

호랑이의 꾸짖음

호랑이가 북곽선생을 꾸짖는 부분은 전체 내용의 반 이상을 차지하고 있을 정도로 이 작품에서 중요한 내용이다.

호랑이는 먼저 겉과 속이 다른 인간을 꾸짖고 있다. 「호질」의 첫 장면에서 호랑이의 먹거리로 여러 인간들을 평가할 때 검은 머리의 힘없는 백성들은 원래부터 먹거리로 관심이 없고 추천을 받은 의원이나 무당, 선비는 각기 사람들을 속이고 있기 때문에 먹이가 될 수 없다고 하며 그들을 조롱한다.

그러나 그들 중에서도 특히 선비들의 거짓된 모습이 호랑이의 심판 대상이 된다. 천자와 제후를 비롯한 모든 사람에게 존경받는 북곽선생은 실제로는 밤마다 과부의 집에 드나드는 응큼한 인간이고 열녀로 칭송받는 동리자 역시 아버지가 각각 다른 아들을 다섯이나 둔, 소문과는 달리 정절을 지키는 인간이 아니다. 여기서 작가가 살고 있는 사회의 거짓된 모습이 폭로된다.

특히 북곽선생이 도망치다 똥구덩이에 빠지는 장면에는 북곽선생이 똥과 같다는 작가의 생각이 담겨 있다. 그만큼 선비들의 실제 모습 역시 똥처럼 더럽다고 말하고 있는 것이다. 그런 더러운 모습은 호랑이가 꾸짖는 내용을 통해 조목조목 밝혀지게 된다. 호랑이는 호랑이의 자연스럽고 정직한 세계와 비교하며 인간의 세계가 얼마나 위선과 허위에 가득 차 있고 동정심이 없으며 도덕심도 없는지를 하나하나 예를 들어 가며 꾸짖는다.

「양반전」과 「호질」

두 작품 모두 양반들을 풍자한다는 공통점이 있지만 차이가 있다. 「양반전」은 양반이 평소 해야 되는 몸가짐, 마음가짐, 주의해야 할 행동 때문에 부자가 양반을 포기하게 하는 과정에서 실속 없는 양반의 현실을 비판한다.

「호질」은 백성을 속이며 좋은 평판을 받아 많은 이익을 얻는 양반의 숨겨진 모습을, 조목조목 호랑이가 질책하면서 양반의 위선과 허위를 비판한다.

웃음이 없는 하루는 낭비한 하루다.
― 찰리 채플린(미국의 영화배우 · 감독, 1889~1977)

허생전 許生傳

다시 만난 윤영이 "자네는 예전에 허생을 위해 전(傳)을 쓰고
싶다고 하더니, 글은 완성되었는가?"라고 묻자
나는 아직 짓지 못했노라고 사과하였다. (…중략…)
내가 문을 닫고 떠나려 하자 노인은 혀를 차며 말했다.
"쯧쯧. 애처로운 일이야.
허생의 아내야 당연히 다시 굶주렸겠지." (…중략…)
그의 이름을 아는 이가 없었지만 그 생김새를 듣고 보니 윤영과
매우 비슷했다. 나는 그를 한 번 더 보고 싶었지만 끝내 보지
못하고 말았다. 세상에는 실로 이름을 감추고 숨어 살면서
세상을 가벼이 대하는 이들이 있는 법이니, 유독 허생에
대해서만 그런 혐의를 둘 수야 있겠는가. 평계(平谿) 국화 밑에서
술을 조금 마신 뒤에 붓을 잡아 연암이 쓴다.

『연암집 권 13 - 열하일기』 '환연도중록' 8월 20일
'옥갑야화', 허생후지

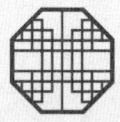

"소위 사대부란 것들이 무엇이란 말이오?
오랑캐 땅에서 태어나서
자칭 사대부라 뽐내다니, 이렇게 어리석을 데가 있소?"

등장인물

허생   남산 밑에 사는 가난한 선비. 뛰어난 능력과 뚜렷한 의식을 가지고 있지만 현실 생활에 무관심한 채 글만 읽는다. 그러나 가난에 지친 아내의 성화에 못 이겨 글 읽기를 중단하고 장사를 해서 많은 재물을 모아 이상국을 건설한다.

변씨   한양에서 제일가는 부자. 허생의 비범함을 꿰뚫어 보는 깊은 통찰력을 가지고 있으며 부(富)만 추구하던 당시의 다른 부자들과는 판이한 면모를 보여 준다.

이완   어영대장 직위에 있는 무장. 현실 정치를 담당할 만한 능력이 없고 닫힌 사고방식을 가진 대표적인 인물. 겉으로는 당대의 북벌 정책을 주도하고 뚜렷한 명분 의식을 지닌 듯이 보이지만 실제로는 허생이 제기한 세 가지 문제에 대해 어느 것 하나 자신 있게 대답하지 못하는 소극적 성격이다.

허생전

허생이 아내의 성화로 책을 덮다

허생은 묵적골(서울의 남산 밑에 있던 동네의 이름)에 살았다. 남산 밑 골짜기로 곧장 가면 우물이 있고, 그 위에 오래된 은행나무가 하늘을 가리고 서 있다. 허생의 집 사립문은 은행나무를 향해 언제나 열려 있었다. 집이라야 두어 칸 되는 초가집으로 비바람을 막지 못할 정도로 거의 다 쓰러져가는 오막살이였다.

그러나 허생은 비바람이 새는 것은 아랑곳하지 않고 늘 글 읽기만 좋아했으므로 가난하기 짝이 없었다. 그나마 그 아내가 삯바느질을 해서 겨우 입에 풀칠(근근이 먹고 살아감)을 하였다.

어느 날 허생의 아내가 배고픈 것을 참다못해 눈물을 흘리며 푸념을 늘어놓았다.

"당신은 한평생 과거(科擧)도 보러 가지 않으면서, 어쩌자고 글만 읽으세요?"

그러나 허생은 태연하게, 껄껄 웃으며 대답하였다.

"내 아직 글이 서툴러서 그렇다오."

"그렇다면 장인(匠人, 손으로 물건 만드는 일을 직업으로 하는 사람) 노릇도 못 하시나요?"

"장인 일을 평소에 배우지 않았는데 어쩌오?"

"그렇다면 하다못해 장사라도 해야지요."

"장사를 하려 해도 밑천이 없는 걸 어쩌오?"

아내는 드디어 역정을 냈다.

"당신은 밤낮없이 글만 읽더니, 기껏 '어쩌오?' 소리만 배웠단 말씀이오? 장인 일도 못한다, 장사도 못한다면, 도둑질이라도 못하시나요?"

허생은 이 말에 책을 덮고는 벌떡 일어났다.

"애석한 일이로다. 내가 글 읽기를 십 년으로 작정하였는데, 이제 겨우 칠 년이로구나."

그 길로 허생은 휙 문밖으로 나가 버렸다. 그러나 한양 거리에 아는 사람이 있을 턱이 없었다.

허생이 변씨에게 돈 만 냥을 빌리다

그는 종로 거리를 오르락내리락하였다. 그러면서 길 가는 사람을 붙들고 물었다.

"누가 한양에서 제일가는 부자요?"

그 사람은 한양에서 제일가는 갑부라면 변씨(卞氏)라고 일러 주었다.

허생은 바로 그 집을 찾아갔다. 허생은 변씨를 만나 길게 절한 후에 단도직입적으로 말하였다.

"내 집이 가난하여 장사 밑천이 없소. 무얼 좀 해 보려고 하는데, 돈 만 냥만 빌려주십시오."

변씨가

"그러시오."

하고 대뜸 승낙하고는 만 냥을 내주었다.

허생은 감사하다는 인사말 한마디 없이 돈을 받아 가지고 가 버렸다.

변씨 집에는 그 자제들과 문객이 많이 모여 있었다. 문밖을 나서는 허생의 몰골을 보아하니, 이건 영락없는 거지가 아닌가. 선비랍시고 허리끈을 매기는 했지만 술이 다 빠져 너덜너덜하고, 가죽신이라고는 하지만 뒤꿈치가 한쪽으로 다 닳아빠졌다. 다 낡아빠진 망건이며, 땟국이 줄줄 흐르는 두루마기, 거기다가 허연 콧물까지 훌쩍거리는 품이 거지 중에서도 상거지였다. 이런 자에게 만 냥을 선뜻 내주다니, 모두들 어리둥절해서 물었다.

"어른께서는 저 사람을 아시나요?"

"모르지."

변씨는 모두가 놀라 묻는 말에 대답도 태연하게 하였다.

"아니, 하루아침에, 얼굴도 모르는 사람에게 만 냥을 그냥 내던져 버리시다니. 더구나 그 이름 석 자도 묻지 않으시고 어쩌려고 그러십니까?"

변씨는 정색을 하고 말하였다.

"이건 그대들이 알 바 아닐세. 대체로 남에게 무엇을 빌리러 오는 사람이라면 으레 자기 뜻을 이것저것 길게 늘어놓기 마련이야. 약속은 꼭 지킨다느니, 염려 말라느니 하고 말일세. 그러면서 비굴한 빛이 얼굴에 나타나고, 한 말을 되뇌곤 하지. 그런데 이 사람은 옷이며 신발이 모두 떨어지긴 했지만, 우선 말이 짤막하고 사람을 대하는 눈이 아랫사람을 내려다보는 듯하며 조금도 부끄러워하는 기색이 없네. 물질 따위에는 관심이 없고 벌써 전부터 제 살림에 만족하고 있는 사람임에 틀림없어. 그러니 그가 한번 해 보고 싶은 장사라는 것도 작은 일이 아닐 게고, 나 또한 그 사람을 한번 시험해 보려는 게야. 게다가 주지 않았으면 모르되, 이미 만 냥을 내주었으니 구태여 그의 이름 석 자를 물어서 무엇하겠나?"

큰 장사꾼만이 할 수 있는 말이었다.

허생이 만 냥으로 백만금을 벌다

허생은 만 냥을 얻자, 자기 집에 들르지도 않고,
'안성은 경기와 호남의 갈림길이고 삼남(三南, 충청, 경상, 전라의 총칭)의 길목이렷다.'
하면서 그 길로 내려가 안성에 거처를 마련하였다.
다음 날부터 그는 시장에 나가서 대추, 밤, 감, 배, 석류, 귤, 유자 등의 과일이란 과일은 모조리 사들였다. 파는 사람이 부르는 대로 값을 다 주고, 팔지 않는 사람에게는 시세(時勢, 시가. 일정한 시기의 물건값)의 배를 주고 샀다. 그리고 사는 대로 한없이 곳간에 저장해 두었다.

　이렇게 되자 오래지 않아서 나라 안의 과일이란 과일은 모두 바닥이 났다. 허생이 과일을 몽땅 쓸어 갔기 때문이다. 그러자 대신들이 집에서 잔치나 제사를 지내려고 해도 과일을 구경하지 못하여 제사상도 제대로 갖추지 못할 형편에 이르렀다.

　이번에는 과일 장수들이 허생에게 달려와서 과일을 얻을 형편이 되었고, 저장했던 과일들은 열 배 이상으로 값이 올랐다.

　"허어, 겨우 만 냥으로 이 나라를 기울게 할 수 있다니, 나라의 형편을 알 만하구나!"

　허생은 이렇게 탄식하였다.

　과일을 다 처분한 다음 그는 다시 칼, 호미, 무명, 명주, 솜 등을 모조리 사 가지고 제주도로 건너가서 그것을 팔아 이번에는 말총(말의 갈기나 꼬리의 털)이란 이름이 붙은 것은 모조리 사들였다.

　"몇 해 못 가서 나라 안 사람들은 상투로 머리를 싸매지 못할 것이다."

　허생이 장담한 대로 얼마 가지 않아서 과연 나라의 망건(상투 있는 사람의 머리가 흐트러지지 않도록 말총 따위로 그물처럼 만들어 머리에 두르는 물건) 값이 열 배로 뛰어올랐다. 말총을 내다 파니 백만금이 되었다.

허생이 도둑들을 모아 섬에 살게 하다

　어느 날 허생은 늙은 뱃사공 한 사람을 만나 물었다.

　"바다 밖에 혹시 사람이 살 만한 빈 섬이 있지 않던가?"

"있습지요. 옛날에 바람을 만나 서쪽으로 줄곧 사흘 동안을 흘러가다가 빈 섬에 닿았습지요. 그곳은 아마 사문(沙門, 동남아시아)과 장기(長崎, 나가사키)의 중간쯤으로 짐작됩니다. 꽃과 잎이 저절로 피고 과실이며 오이가 철을 따라 여물었습죠. 그뿐입니까. 고라니와 사슴이 떼 지어 다니고 바닷고기들도 놀라지 않았습니다."

허생은 사공의 말을 듣고 크게 기뻐하였다.

"자네가 만약 나를 그곳에 데려다 준다면 평생 동안 함께 부귀를 누리도록 해 주겠네."

사공은 허생의 말에 따르기로 하였다.

이리하여 바람이 알맞게 부는 날을 기다려 바람을 타고 동남쪽으로 곧장 배를 몰아 사공이 말한 섬에 이르렀다. 허생은 섬에 상륙하여 높은 바위 꼭대기에 올라가 사방을 둘러보고 나서 썩 마음에 들지는 않는 듯 이렇게 말하였다.

"땅이 천 리도 못 되니 무엇에 쓴단 말인가? 다만 땅이 기름지고 샘물이 맛있으니 한갓 부잣집 늙은이 노릇이나 할 수 있겠구나."

사공이 물었다.

"텅 빈 섬에 사람이라곤 하나도 없으니, 대체 누구와 함께 사신다는 말씀이시오?"

"덕(德)이 있는 사람에게는 사람들이 저절로 모여들게 마련이지. 덕이 없는 것이 걱정이지, 어찌 사람이 없는 것을 근심하겠는가?"

이때, 변산 지방에 수천 명의 도둑이 나타나 노략질을 하고 있었다. 여러 고을에서는 나졸들까지 풀어서 도둑을 잡으려 했으나 도둑의 무리를 쉽게 소탕하지 못하였다. 그러나 도둑의 무리 역시 각 고을에서 대대적으로 막고 나서니 쉽게 나아가 도둑질하기 어려워져 마침내 깊은 곳에 몸을 숨기고, 급기야 굶어 죽을 판이 되었다.

허생은 이 소문을 듣고 도둑의 소굴을 찾아 들어갔다. 그리고 도둑의 우두머리를 만나 설득하기 시작하였다.

"천 명이 천 냥을 빼앗아 와서 나눠 가진다면 한 사람 앞에 얼마씩 돌아가오?"

"그야 일인당 한 냥이지요."

"그럼 모두 아내가 있소?"

"없소."

"그럼 논밭은 있소?"

"흥, 땅이 있고 아내가 있으면 왜 도둑질을 한단 말이오?"

"정말 그렇다면 왜 장가를 들어 집을 짓고 소를 사서 농사를 지으며 살려고 하지 않소? 그렇게 하면 도둑놈 소리도 듣지 않을 테고, 살림살이하는 부부의 재미도 있을 것이고, 아무리 밖으로 나가서 쏘다닌다고 해도 아무도 잡아가지 않을 테니 얼마나 좋겠소? 길이길이 의식주가 풍족할 테니 말이오."

"허허, 누가 그것을 몰라서 그러겠소? 다만 돈이 없어 못 할 뿐이지요."

허생은 웃으며 말하였다.

"도둑질을 하면서 어찌 돈이 없는 것을 걱정한단 말이오? 정 그렇다면 내가 마련해 주겠소. 내일 바다에 나와 보오. 붉은 깃발을 단 배가 보일 거요. 모두 돈을 실은 배이니, 갖고 싶은 대로 가져가구려."

허생은 이렇게 말하고 어디론가 가 버렸다.

도둑들은 하도 말 같지가 않아서 모두 그를 미친놈이라고 비웃었다. 그러나 그 이튿날 혹시나 해서 바닷가에 나가 보았더니, 과연 허생이 삼십만 냥이나 되는 돈을 배에 싣고 기다리고 있었다. 도둑들은 크게 놀라, 이건 보통 사람이 아니라고 생각하였다. 모두 허생 앞에 줄지어서 절을 하였다.

"오로지 장군님의 분부만을 따르겠소이다."

"그렇다면 어디 자네들이 질 수 있는 대로 가지고 가 보게!"

허생의 말이 떨어지자 도둑들은 앞을 다투어 돈 자루에 달려들었다. 그러나 욕심뿐이지 제아무리 기운 좋은 놈일지라도 백 냥을 짊어지지 못하였다.

"기껏 백 냥도 못 지면서 무슨 도둑질을 하겠다는 겐가? 그렇다고 이제 양민(良民, 어질고 착한 백성)이 되려고 해도, 이름이 도둑의 명부에 올라 있을 테니 그것도 안 될 테고, 그렇다면 갈 곳도 없겠네 그려. 그럼 잘 되었네. 내가 여기서 자네들을 기다릴 것이니, 이제부터 한 사람이 백 냥씩 가지고 가서 여자 하나와 소 한 마리를 구해 오도록 하게. 자네들의 실력을 한번 보아야겠네."

허생의 말에 도둑들은 모두 좋다고 저마다 돈 자루를 짊어지고 뿔뿔이 흩어져 갔다. 허생은 몸소 이천 명이 일 년 동안 먹을 양식을 장만해 가지고 도둑들이 오기를 기다렸다.

도둑들은 기일(期日, 그날. 약속한 날)이 되자 빠짐없이 모두 돌아왔다. 허생은 그들과 부인들을 모두 배에 태우고 그 빈 섬으로 들어갔다. 허생이 도둑들을 몽땅 데리고 갔으므로, 이때부터 나라 안에 시끄러운 일이 없었다.

섬에 상륙하자, 그들은 곧 나무를 베어 집을 짓고, 대나무를 잘라 엮어서 울타리를 세웠다. 그러자 순식간에 큰 마을이 생겼다. 그런 다음 다시 밭을 일궜다. 토질이 좋아서 밭갈이와 김매기를 하지 않아도 온갖 곡식이 잘 자랐다. 그래서 한 해나 세 해만큼 걸러 짓지 않아도 한 줄기에 아홉 이삭이 달렸다.

이렇게 되자 삼 년 동안의 양식을 저장하고 난 나머지는 모두 배에 싣고 장기도(長崎島, 나가사키)에 가져가서 팔았다. 장기라는 곳은 삼십만여 호나 되는 일본의 영토로 가옥이 삼십일만이나 되었다. 때마침 그 지방에 큰 흉년이 들었으므로 가지고 갔던 양곡을 모두 팔고 은 백만 냥을 받아 가지고 돌아왔다.

"이제야 뭘 좀 해본 것 같구나."

허생은 길게 한숨을 쉬며,

"인제야 내 조그만 시험이 끝났어."

하고 탄식한 후, 섬에 사는 남녀 이천 명을 모두 한자리에 모이게 했다.

"내가 처음에 자네들과 이 섬에 들어올 때엔 먼저 부자가 되게 한 다음에, 따로 문자를 만들고 옷이며 갓 같은 것도 지어 입게 하려고 하였네. 그런데 땅이 좁고 내 덕이 부족하니, 나는 이제 여기를 떠날까 하네. 자네들은 아이들을 낳거들랑 오른손에 숟가락을 쥐게 하고, 또 하루라도 먼저 태어난 사람에게 서로 음식을 양보하는 것 같은 덕을 갖도록 가르치게."

 그러고는 자기가 타고 나갈 배 한 척만 남겨 두고 다른 배들은 모조리 불태워 없애 버렸다.

 "가지 않으면 오는 이도 없을 걸세."

 또한 돈 오십만 냥을 바다 가운데 던져 버렸다.

 "바다가 마르면 그걸 주워 갈 사람도 있겠지. 백만 냥이라면 우리나라에도 써먹을 데가 없을 테고, 하물며 이런 조그만 섬에서 어디다 쓰겠는가!"

 그러고는 글을 아는 자들만 골라 모조리 함께 배에 태웠다.

 "이 섬에서 화근(禍根, 재앙을 일으키는 근본 원인, 글 아는 자)을 없애야 하네."

 이로부터 허생은 나라 안을 두루 돌아다니며 가난하고 의지할 곳이 없는 사람들을 구제하였다. 그러고도 은 십만 냥이나 남았다.

허생이 변씨에게 빌린 돈을 갚고 집으로 돌아가다

 '이것으로 변씨에게 빌린 것을 갚아야겠군.'

 허생은 실로 오랜만에 변씨를 찾아갔다.

 "나를 알아보시겠소?"

하고 묻자, 변씨가 놀라며 말문을 열었다.

 "그대의 얼굴빛이 조금도 나아지지 않았구려. 혹시 만 냥을 몽땅 털리셨소?"

 허생이 웃으며 말하였다.

"재물로 인해서 얼굴이 좋아지는 것은 당신들에게나 있는 일이오. 만 냥이 어찌 도(道)를 살찌게 하겠소?"

그러고는 십만 냥을 변씨에게 내놓았다.

"내가 하루아침의 주림을 견디지 못하고 글 읽기를 도중에 포기했으니, 당신에게 만 냥을 빌렸던 것이 부끄럽소."

변씨는 크게 놀라 일어나서 절하였다. 그리고 십만 냥을 사양하고, 옛날 빌려준 돈에다 십분의 일로 이자를 쳐서 받겠다고 하였다. 그러자 허생이 화를 벌컥 내며,

"어찌 그대는 나를 장사치로만 보는 거요?"

하고는 소매를 홱 뿌리치고 일어나 가 버렸다.

변씨는 더 말해야 소용이 없을 줄 알고 가만히 그 뒤를 밟아 따라갔다. 허생이 곧장 남산 밑 골짜기로 걸어가더니, 거의 다 쓰러져 가는 어느 조그만 오막살이로 들어가 버렸다. 마침 한 늙은 할멈이 우물 위쪽에서 빨래를 하고 있었다.

변씨가 그 할멈에게 말을 걸었다.

"저 조그만 초가가 누구의 집이오?"

"허 생원 댁이라오. 가난한 형편에 글공부만 좋아하더니, 하루아침에 집을 나가서 오 년이 지나도록 소식도 없고 돌아오지도 않았지요. 여태까지 부인 혼자 살면서, 남편이 집을 나간 날에 제사를 지낸다오."

변씨는 비로소 그의 성이 허씨라는 것을 알고 탄식하며 돌아섰다.

다음 날, 변씨는 허생에게서 받았던 은을 모두 가지고 그의 집을 찾아갔다. 그러나 허생은 여전히 받지 않고 거절하였다.

"내가 부자가 되고 싶었다면 백만 냥을 버리고 십만 냥을 받겠소? 내 이제부터는 당신의 도움으로 살아가겠소. 당신은 가끔 나를 돌보아 주시오. 식구를 헤아려서 양식이나 떨어지지 않고 몸을 재어서 옷이나 지어 입도록 하여 주오. 그것으로 일생을 만족할 것이오. 어찌 재물 때문에 내 정신을 괴롭게 하겠소?"

변씨가 여러 가지 말로 허생을 달래 보았으나, 허생이 들어주지 않으니 끝끝내 어찌할 도리가 없었다.

그때부터 변씨는 허생의 집에 쌀뒤주가 바닥나거나 옷이 떨어질 때쯤 되면 손수 찾아와서 도와주었다. 그러면 허생은 그것을 기꺼이 받아들였다. 그러나 혹시 분수에 넘친다고 생각하면 곧 좋지 않은 기색으로,

"어째서 나에게 재앙을 갖다 맡기려 하시오?"

하였다.

그러나 술병을 들고 찾아가면 평소보다 더욱 반가워하며 서로 술잔을 기울여 취하도록 마셨다.

이렇게 몇 해를 지나는 동안, 두 사람 사이의 정이 날로 두터워져 백년지기(百年知己)처럼 다정해졌다.

변씨가 허생의 재주를 알아주다

어느 날, 변씨가 오 년 동안에 어떻게 백만 냥이나 되는 돈을 벌었던가를 조용히 물어보았다.

"다섯 해 사이에 어떻게 해서 백만 금을 벌었소?"

허생이 대답하였다.

"그야 가장 알기 쉬운 일이지요. 우리 조선은 외국과 무역이 없고, 수레가 나라 안을 두루 돌아다닐 수 없어서, 온갖 물건이 제자리에서 생산되고 제자리에서 소비되지요. 대체로 천 냥은 적은 금액이라 한 가지 물건을 독점할 수는 없지만, 천 냥을 열로 쪼개면 백 냥이 열이라, 또한 열 가지 물건을 살 수 있지요. 그리고 물건이 가벼우면 나르기도 쉬워서 한 가지 물건이 시세가 좋지 않더라도 나머지 아홉 가지 물건에서 재미를 볼 수 있소. 이것은 보통 이익을 내는 방법으로 작은 장사치들이 하는 짓 아니오? 게다가 만 냥을 가지면 대개 한 가지 물건을 몽땅 살 수 있기 때문에, 수레면 수레 전부, 배면 배를 전부, 한 고을이면 한 고을을 전부, 마치 총총한 그물로 훑어 내듯 다 사들일 수 있지요. 이를테면 뭍에서 나는 만 가지 중에 한 가지를 슬그머니 독점해 버리든지, 물에서 나는 만 가지 중에 슬그머니 하나를 독점한다든지, 약 재료 중에서 슬그머니 한 가지만을 독점하면, 한 가지 물건이 한 곳에 묶여 있는 동안 모든 장사치들은 그 물건을 구경할 수도 없게 되는 것이지요. 값이 뛸 것은 당연하오. 그러나 이는 백성들을 못살게 하는 길이 될 거요. 백성을 도둑놈으로 만들기 좋은 방법이지요. 훗날에라도 나랏일을 맡은 관리가 만약 나의 이 방법을 쓴다면 반드시 나라는 곧 병들고 말 것이오."

변씨는 듣고 나서 다시 물었다.

"그럼 내가 선뜻 만 냥을 내어줄 줄은 어떻게 알고 나를 찾아와 청하였소?"

허생이 대답하였다.

"당신만이 내게 꼭 빌려줄 수 있었던 것은 아니고, 만 냥을 가지고 있는 사람이면 누구나 다 주었을 것이오. 나 스스로 내 재주를 헤아려 보면 넉넉히 만 냥을 벌 수 있다고 생각했으나, 운명은 저 하늘에 달려 있는 것이니, 낸들 그것을 어찌 알겠소? 그러므로 나를 알아보고 내 말을 들어주는 사람은 복이 있는 사람이지요. 반드시 더욱더 큰 부자가 되게 하는 것은 하늘이 시키는 일일 텐데, 어찌 주지 않았겠소? 내 이미 만 냥을 받은 다음에는 그 복을 빌려서 일을 한 것뿐이오. 그리고 일마다 곧 성공했던 것이고. 만약에 내가 내 재산으로 혼자서 일을 시작하였다면 그 성패 또한 알 수 없었겠지요."

변씨는 허생의 그 재주가 아깝다고 생각하였다. 자기와 같은 장사치로서는 상상도 못할 배포(配布, 마음을 써서 일을 계획함)요 도량(度量, 너그러운 마음과 깊은 생각)과 재주가 아닐 수 없었다. 이런 큰 그릇을 어찌 그냥 썩힌단 말인가?

"바야흐로 지금 사대부들은 전날 남한산성에서 오랑캐에게 당했던 치욕을 씻으려 하고 있소. 지금이야말로 지혜와 재주를 갖춘 선비가 팔뚝을 걷어붙이고 한번 일어설 때가 아니오? 선생의 그 재주로 어째서 파묻혀 지내려 한단 말이오?"

"어허, 예로부터 한평생 묻혀 지낸 사람이 한둘이었겠소? 우선, 조성기(趙聖期, 조선시대 숙종 때의 학자. 뛰어난 재주가 있었지만 평생을 독서에만 전념했음) 같은 분은 적국(敵國)에 사신으로 갔더라면 솜씨 있게 일을 처리할 사람이었지만 일생을 베잠방이로 늙어 죽지 않았던가? 유형원(柳馨遠, 조선시대 효종 때의 실학자. 벼슬을 사양하고 학문을 닦으며 시골에서 살았음) 같은 분은 군량(軍糧)을 조달할 만한 재능이 있었건만, 저 바닷가에서 소요하고 있지 않았소? 그러니 오늘날 국정을 맡아 처리하는 자들의 기량을 알 수 있지요. 나로 말하면 장사에 솜씨가 있어, 그 돈으로라면 넉넉히 아홉 나라 임금의 머리라도 살 수 있었지만, 그것을 바닷속에 던져 버리고 돌아온 것은, 도대체 쓸 곳이 없기 때문이었지요."

변씨는 후 하고 긴 한숨을 쉬고는 돌아갔다.

허생이 이완을 꾸짖은 뒤 사라지다

변씨는 전부터 정승 이완과 잘 아는 사이였다. 이공이 당시 어영대장(御營大將, 조선시대에 둔 어영청의 으뜸 벼슬, 종이품)이 되어서 변씨와 더불어 이야기하다가 혹시 쓸 만한 인재가 없는가를 물었다.

"요즘 항간에 기이한 재주를 숨기고 있는 사람으로 함께 큰일을 해 낼 만한 사람이 있으면 말해 보게나."

변씨는 그제야 생각이 나서 허생에 관한 이야기를 하였다. 이공은 그런 인물이 한양에 살고 있다는 소리에 깜짝 놀랐다.

"기이한 일이로군. 정말 그런 사람이 있을까? 그래 그 사람의 이름이 무엇이라 하던가?"

"소인은 그 사람과 삼 년을 가까이 지냈지만, 여태껏 이름도 모르옵니다."

"그 사람은 비범한 사람이 분명하네. 같이 한번 가 보세."

밤이 되자 이공은 말을 타고 가기가 미안해서 수행하는 나졸을 다 물리치고 변씨만을 데리고 걸어서 허생의 집을 찾아갔다.

변씨는 이공을 잠시 문밖에 서서 기다리게 하고 혼자 먼저 들어가서, 허생을 보고 이공이 몸소 찾아온 이유를 이야기하였다. 허생은 못 들은 체하고 말하였다.

"그대가 차고 온 술병이나 어서 이리 내놓으시오."

그리하여 두 사람은 술을 내어 즐겁게 마셨다. 변씨는 술을 마시면서도 이공을 밖에 오래 서 있게 하는 것이 민망해서 거듭 이공의 일을 말하였으나, 허생은 대꾸도 하지 않았다.

밤이 깊어졌다. 허생은 비로소 말을 꺼냈다.

"손님을 불러 볼까요."

이공이 방에 들어왔다. 그래도 허생은 자리에서 일어나 맞이할 생각조차 하지 않았다. 이공은 몸 둘 곳을 몰라 하다가 마침내 나라에서 어진 인재를 구하는 뜻을 설명하자, 허생은 손을 저으며 막았다.

"밤은 짧은데 말이 너무 길어서 듣기에 지루하구려. 지금 그대는 무슨 벼슬에 있소?"

"어영대장이오."

"그렇소? 그렇다면 그대는 나라에서 신임받는 신하로군요. 내가 와룡선생(臥龍先生, 제갈공명) 같은 사람을 추천할 테니, 그대가 임금께 아뢰어서 삼고초려(三顧草廬)를 하게 할 수 있겠소?"

이공은 고개를 숙이고 한참 동안 생각하고 나서 말하였다.

"어려운 일입니다. 그다음의 두 번째 방책은 없을까요? 들려주십시오."

"나는 원래 '두 번째'라는 것은 배우지 못하였습니다."
하고 허생이 외면하였으나, 이공이 거듭 간청하자 허생은 못 이겨 말을 이었다.

"옛날에 우리 조선이 명나라 장졸들에게 은혜가 있다고 하여, 그 자손들이 우리나라로 많이 망명해 와서 정처 없이 떠돌고 있소. 그대가 조정에 청하여 종실(宗室, 임금의 친족)의 딸들을 모두 그들에게 시집보내고, 김류(金瑬, 조선 중기의 문신)와 장유(張維, 조선 중기의 문신)의 집 재산을 빼앗아서 그들에게 나누어 주게 할 수 있겠소?"

이것도 정말 생각조차 할 수 없는 문제가 아닌가. 이공은 또 머리를 숙이고 한참을 생각하더니 비로소 고개를 들었다.

"어렵습니다."

"이것도 어렵다, 저것도 어렵다 하면 도대체 무슨 일을 하겠소? 그럼 가장 쉬운 일이 있는데, 자네가 할 수 있겠소?"

"말씀을 듣고자 하옵니다."

"대체로 천하에 큰 뜻을 외치려면 먼저 천하의 호걸들과 접촉하여 교분을 맺지 않을 수 없소. 또 남의 나라를 치려면 먼저 첩자를 보내지 않고는 여태껏 성공할 수 있는 법이 없었소. 지금 만주 땅에는 천하의 주인이 들어앉아서 스스로 중국 사람과는 친하지 못하였다고 여기는 판이오. 이에 조선이 스스로 다른 나라보다 먼저 항복을 하였으니, 저들은 우리를 가장 믿을 것이오.

진실로 당(唐)나라, 원(元)나라 때처럼 우리가 우리 자제들을 유학 보내어 학문을 배우고 벼슬까지 하도록 허용해 주고, 상인들도 자유로이 오갈 수 있도록 해 달라고 간청하면, 저들도 반드시 자기네에게 친근(親近)하려 함을 보고 기뻐 승낙할 것이오. 그렇게 되거든 나라 안에서 자제들을 가려 뽑아서 머리를 깎고 되놈의 옷을 입혀서 들여보내고, 그 중 선비는 가서 빈공과(賓貢科, 당나라에서 외국 사람들이 보던 과거)를 보도록 하시오.

또 백성들은 멀리 강남으로 건너가 장사를 하면서, 그들의 실정을 염탐하는 한편, 저 땅의 호걸(豪傑)들과 친분을 맺어 둔다면, 그때야말로 군사를 일으키고 천하를 뒤집어 옛날의 수치를 씻을 수 있을 것이오. 그런 다음 명나라의 황족인 주씨(朱氏)를 찾아 천자로 받들고, 만약 주씨가 없으면 천하의 제후들을 거느리고 천자가 될 만한 인물을 하늘에 추천한다면, 우리나라는 잘 되면 대국(大國)의 스승이 될 것이고, 못 되어도 백구지국(伯舅之國, 천자가 다른 성을 가진 제후를 부르는 존칭)의 지위를 잃지 않을 것이오."

이공은 얼빠진 듯 멍하니 있다가 겨우 입을 열었다.

"사대부들이 모두 몸을 조심하며 예법(禮法)을 지키는데, 누가 그들의 자제를 머리 깎게 하고 되놈의 옷을 입게 하겠소?"

이 말에 허생은 크게 꾸짖어 말하였다.

"소위 사대부란 것들이 무엇이란 말이오? 오랑캐 땅에서 태어나서 자칭 사대부라 뽐내다니, 이렇게 어리석을 데가 있소? 의복은 흰 옷만을 입으니 그것이야말로 상인(喪人, 부모나 조부모가 세상을 떠나 상중에 있는 사람)이나 입는 것이고, 머리털을 한데 묶어서 송곳같이 상투를 트니 이것은 남쪽 오랑캐의 방망이 상투가 아니오. 그러면서 도대체 무엇을 가지고 예법이라 한단 말이오? 옛날 번오기(樊於期, 전국시대 진나라의 무장)는 원수를 갚기 위해서 자신의 머리를 아끼지 않았고, 무령왕(武靈王, 조나라의 임금)은 나라를 부강하게 만들고자 되놈의 옷을 부끄럽게 여기지 않았소. 지금 명나라의 원수를 갚겠다고 하면서, 그까짓 상투 하나를 아낀단 말이오? 뿐만 아니라 장차 말을 달리고 칼을 쓰고 창을 던지며, 활을 당기고 돌 던지는 일을 익혀야 할 판국에, 그 넓은 소매의 옷을 고쳐 입지 않고 예법만 찾는단 말이오? 내가 비로소 세 가지를 들어 말하였는데, 그대는 그중 한 가지도 하지 못한다면서, 그래도 신임받는 신하라 하겠소? 신임받는 신하라는 게 참으로 이렇단 말이오? 그대 같은 자는 칼로 목을 잘라야 할 것이오."

허생은 좌우를 돌아보며 칼을 찾아 찔러 죽일 듯이 하였다. 이공은 크게 놀라 엉겁결에 급히 뒷문을 차고 뛰쳐나와 뒤도 돌아보지 않고 도망쳤다.

이튿날 그가 다시 허생의 집을 찾아가 보았더니, 이미 집이 텅 비고, 찬바람만 쓸쓸할 뿐, 허생은 어디에도 간 곳이 없었다.

이야기 따라잡기

　허생은 묵적골의 다 쓰러져 가는 오막살이에 사는 선비로, 집안 살림은 전혀 신경 쓰지 않은 채 글 읽기만 좋아하고 있다. 삯바느질로 겨우 끼니를 이어가던 아내가 어느 날 배고픔을 참지 못하고 허생에게 과거도 보지 않으면서 글은 왜 읽는 것이며, 글을 읽는 것보다 차라리 도둑질이라도 하는 것이 좋겠다며 푸념을 한다. 이에 허생은 책을 덮고 그길로 집을 나가 한양 제일의 부자라고 하는 변씨를 찾아간다. 그리고 변씨에게 대뜸 무얼 좀 해 보려고 한다면서 돈 만 냥을 빌려 달라고 한다. 변씨는 두말 않고 돈을 빌려준다.
　변씨에게 만 냥을 빌린 허생은 안성으로 내려가 매점매석(買占賣惜, 어떤 상품의 값이 오를 것을 예상하여 미리 많이 사 두고 팔지 않는 일)이라는 방법을 이용해 과일 장사로 폭리를 취하고 다시 제주도에서 말총 장사를 하여 많은 돈을 번다. 그렇게 큰돈을 번 허생은 어느 날 늙은 뱃사공을 만나 바다 밖에 사람이 살 만한 빈 섬이 있는가를 물어 그 뱃사공의 안내를 받아 섬에 간다.
　이때, 변산 지방에는 수천 명의 도적이 나타나 노략질을 하고 각 고을에서는 그 도적들을 소탕하기 위해 대대적으로 나선다. 이로 인해 도적들은 몸을 숨기고 있다가 급기야는 굶어 죽을 판이 되었다. 허생은 숨어 있는 도적들을 찾아가 우두머리를 잘 설득하여 도적들에게 각기 소 한 필, 여자 한 명씩을 데려오게 한다. 그리고 그들과 함께 뱃사공의 안내로 알아 둔 빈 섬으로 들어가서 농사를 짓는다. 그 섬에서 허생은 도적들과 함께 큰 마을을 만들고 밭을 일궈 온갖 곡식을 풍성하게 거둬들인다. 그리고 3년 동안 먹을 양식을 저장하고 난 나머지는 모두 배에 실어 마침 흉년이 들어 곤란을 겪던 장기도에 가져가서 팔아 은 백만 냥을 번다. 그 후 허생은 글을 아는 사람들을 모두 데리고 섬을 떠난다.

돌아온 허생은 나라 안을 두루 돌아다니며 가난하고 의지할 곳 없는 사람들을 구제한다. 그리고도 돈이 남자 처음 만 냥을 빌려줬던 변씨를 찾아가 그 열 배인 십만 냥을 갚는다. 변씨는 크게 놀라 일어나서 절을 하며 십만 냥을 사양하고 본래 빌려준 돈의 10분의 1로 이자를 쳐서 받겠다고 한다. 그러자 허생은 자신을 장사치로만 본다며 크게 화를 내고 떠난다. 변씨는 더 말해도 소용이 없으리라고 생각하여 가만히 허생의 뒤를 밟아 따라가서 허생이 남산 밑 골짜기 거의 다 쓰러져 가는 조그만 오막살이로 들어가 버리는 것을 본다.

다음 날 변씨는 허생에게서 받은 돈을 모두 가지고 그의 집을 찾아가지만 허생은 돈 받기를 거절한다. 그러나 식구를 헤아려서 양식이나 옷을 지어 주면 만족하겠다고 한다. 그 허생의 뜻을 받아들인 변씨가 종종 술을 가지고 찾아가면 허생은 술을 즐겨 마시며 그에게 돈 번 이야기를 들려주곤 하였다.

어느 날 변씨로부터 허생의 이야기를 전해들은 어영대장 이완은 그와 함께 허생을 찾아온다. 이완이 허생에게 인재를 구한다는 뜻을 전하자 허생은 세 가지 현실 타개책인 '시사삼책(時事三策)'을 말한다. 그러나 이완은 그 세 가지 방법에 대해 차례로 실행하기 어렵다고 답한다. 그러자 허생은 크게 화를 내며 이완을 꾸짖고 그를 칼로 찌르려고 하였고 이에 놀란 이완은 도망가 버린다. 다음 날 이완이 다시 허생의 집을 찾았을 때 이미 집 안은 텅 비어 있고 허생은 온데간데없었다.

쉽게 읽고 이해하기

『열하일기』와 「허생전」

　박지원은 1780년(44세) 여름 청나라 건륭황제의 만수절(70세 생일) 축하 사절로 가는 삼종형 박명원을 개인 수행원 자격으로 따라가게 된다. 그리하여 5월에 길을 떠나 10월에 돌아오는 동안 청나라 사행을 따라 열하 등지를 여행한 기록을 남긴다. 귀국한 후 연암 골짜기에 들어가 일 년 또는 반 년 동안씩 머물며 저술한(1793년) 『열하일기』(청나라의 문화를 소개하고 당시 한국의 정치 · 경제 · 사회 · 문화 등 각 방면에 걸쳐 비판과 개혁을 논함)가 그 기록이다.

　『열하일기』 '옥갑야화' '허생후지(許生後識)'에 보면 이 작품은 작자 스스로가 윤영(尹映)에게서 들은 이야기를 옮긴 것으로 서술하고 있어 민담(民譚)을 소설화했다고 볼 수 있으며, 「허생전」을 쓴 시기가 나온다.

　박지원이 1756년(20세) 봉원사에 있을 때, 윤영에게서 허생 이야기를 들었고, 18년이 지난 1773년 봄 서쪽으로 여행하다가 다시 만난 윤영이 "자네는 예전에 허생을 위해 전(傳)을 쓰고 싶다고 하더니, 글은 완성되었는가?"라고 묻자 박지원은 아직 짓지 못했노라고 사과한다.

"쯧쯧. 애처로운 일이야. 허생의 아내야 당연히 다시 굶주렸겠지."라는 말(윤영이 아닌 애매한 인물로 표현)을 들은 후, 붓을 잡아 연암이 허생전을 쓰기 시작한 것이 1780년(이전으로 추측)이다.

삽화 형식의 「허생전」

「허생전」은 연암 박지원의 『열하일기』 '환연도중록' 8월 20일 '옥갑야화'(혹은 진덕재야화)에 삽화 형식으로 실려 있는 한문 단편소설이다(『열하일기』는 애초부터 명확한 정본이 없는 동시에 당시의 판본이 없었으며 수많은 전사본이 유행했다. 그러나 「허생전」의 내용은 책마다 거의 같다). 원래는 제목 없이 수록되어 있었으나 후에 「허생전」이라는 이름이 임의로 붙여졌다. '옥갑야화'는 박지원이 북경으로부터 돌아오던 도중 옥갑이라는 곳에서 여러 비장(裨將, 조선시대에 감사나 유수, 병사, 수사, 견외 사신 등을 따라다니며 일을 돕던 무관)들과 밤을 새워 가며 나눈 이야기를 옮겨 적은 형식의 글로 역관과 그 무역에 대한 것이 그날 밤의 화제였다. 이야기는 꼬리를 물어 제5화(話)까지 이어지는데 그 뒤에 변승업에 대한 말이 나왔고, 이에 변씨가 크게 부자가 된 내력을 서술한 다음, 연암 자신이 윤영이라는 사람에게서 들었던 허생 이야기를 꺼내는 제6화가 바로 「허생전」이다. 허생 이야기가 내용 면에서 옥갑의 야화들 중에 단연 압권이지만, 형식 면에서도 앞의 이야기들은 허생을 끌어내기 위한 도입부에 해당한다고 볼 수 있다.

보통 「허생전」만을 따로 분리시켜 보고, '옥갑야화' 전체로는 주목하지 않지만, '옥갑야화'라는 제목을 가지고 하나의 작품으로 엮어 놓은 연암의 의도도 살펴야 더 깊이 이해할 수 있다.

무능한 사대부에게 실천을 요구

몹시 가난하여 입에 풀칠도 못하는 형편에, 글만 읽고 있는 허생에게 아내가 푸념하는 데서 이야기는 시작된다. 허생의 아내는 학문을 한다는 것은 물건 만드는 장인이나 장사치보다 더 쓸모없으며 학문을 하느니 차라리 도둑질이라도 하라고 말한다. 이것은 당시 선비들의 무능(無能)을 풍자하는 것이며, 유학을 완전히 무시한 발언이라고 할 수 있다.

아내의 비난이라는 현실의 요구에 따라 허생은 실천적 행위를 전개한다. 선비도 농공상인처럼 현실적인 문제의 해결을 위해 참여해야 한다는 것을 보여 주고 있고, 상인으로 변신해 매점매석의 상도와 대외 무역으로 돈을 버는 뛰어난 수완을 보이며 큰돈을 버는 것으로 이용후생(利用厚生)의 실학 사상을 실천해 보인다.

이상 세계 건설의 한계

백성을 위해 덕을 배푸는 정치가 연암이 꿈꾸었던 이상 국가의 정치였다. 무인공도(無人空島)에서 이상 사회를 건설해 당시 사회 구조적 모순의 하나인 도둑의 문제를 해결하고 농업에 의해 물질적으로 풍요로운 사회를 이룩한다. 글을 읽을 줄 아는 사람들을 데리고 나오면서 지식 사회를 풍자하는 모습을 보여 주기도 하지만, 정치적 체제와 구조에 대한 모순을 해결할 수 있는 대안을 제시하지 못하는 한계를 드러내며 이상세계는 독립된 세계가 아닌 결함을 지닌 삶의 공간임을 보여 준다.

'시사삼책'의 의미

당시의 고루한 양반은 물론 집권층의 정책 및 부조리한 인습 등으로 개혁을 열망하는 이상(실학파의 북학 사상)과 이를 저해하는 현실(집권층 사대부의 북벌주의)의 모습은 이 작품의 핵심이라고 할 수 있는, 허생이 이완에게 제시한 '시사삼책'으로 나타난다.

제1책은 '인재 등용의 중요성'이다. 인재를 등용할 때 가문과 당파의 성격에 따라 결정하던 기존의 관습을 버리고 인재를 제대로 뽑아 알맞은 자리에서 일하게 하는 적극적인 태도를 요청하고 있다. 그러기 위해서는 우리나라도 현재 은둔해 있는 인재들을 등용해야 한다는 것이다.

제2책은 '새로운 정치 기반 마련'이다. 허생은 당시 망명해 온 정치가들을 국혼(國婚, 왕실의 혼인)하게 해 주고 벼슬이 높고 권세가 있는 집안과 왕의 인척들의 재산을 나눠 주자고 말한다. 이것은 북벌이 표면상의 이유나 구실에 치우쳐 있음을 지적하는 한편, 보수적인 정치 세력이 함부로 날뛰는 것을 막고, 이로 인한 당파싸움이나 잘못된 정치적 관습이 확대되는 것을 방지하여 새로운 정치 기반을 마련하자는 것이다.

제3책은 '현실주의적 외교관'으로, 우수한 자제(子弟)를 뽑아 청나라 강남(중국 양쯔강 이남 지역)으로 보내어 그곳의 형편을 파악하게 하자는 실질적이고 현실적인 방법이다. 즉, 군대의 힘으로 청나라를 직접 공격하기보다는 청나라의 내부에 은근히 접근하여 그들을 본질적으로 지배하고자 하는 매우 좋은 계책이다. 특히 원수를 갚기 위해 자신의 목을 쾌히 내놓은 번오기와 무령왕의 고사를 통해 큰일을 앞에 두고도 머리 모양과 복장만 신경 쓰는 사대부들의 태도를 비판하고 있다. 이는 북벌론의 허점을 날카롭게 비판하고 있는 부분이라고 할 수 있다.

문학의 사회적 역할을 돌아보는 계기

16, 17세기는 소수의 양반이 부와 권력을 독점하는 가운데 백성의 생활은 피폐하고 국력은 쇠약해져 가는 시대였다. 두 차례의 국난을 당하여 사회는 더욱 불안해졌으며 드디어 양반 지배 사회에 대한 반성의 기운이 일기 시작하였다. 실학은 대체로 정치에 참여하지 못한 사람들에 의해 연구되었기 때문에 실제로 통용되지는 못했지만 연암은 문학을 통해 이에 대해 말하고 있었다. 「허생전」은 이야기로서의 흥미와 함께 작자의 실학 사상을 잘 드러내 보여 주는 작품이다. 독서하는 선비들이 자신의 잠재력을 공리공론의 벽에 가두어 두지 말고 가정과 사회와 국가의 경영에 사용할 것을 제안하면서, 사회적으로 천시하던 상업에 관심을 가져 상품의 유통과 물물 교환의 가치를 인식하고 국내에서만 맴돌 것이 아니라 관심을 국외로 돌릴 것을 제시했다.

바르게, 아름답게, 정의롭게 사는 것은
결국 모두 똑같은 것이다.
— 소크라테스(철학자, BC 470~BC 399)

열녀함양박씨전
烈女咸陽朴氏傳

대개 사람의 혈기는 음양에 근거하는 것이라
정욕은 혈기에서 싹트는 것이며
그리움은 고독한 데서 생기고
슬픈 마음은 그리움에서 말미암는다.
과부된 사람은 언제나 고독하고
지극히 슬픈 마음을 지니고 산다.
때로 혈기가 왕성할 경우에
어찌 과부라고 정욕이 없겠느냐.
가물거리는 등불 아래 그림자만 벗하고
밤을 밝히기란 진실로 힘이 든다.
더구나 처마 끝에 낙숫물 떨어지는 비오는 밤
별빛이 흐르는 달 밝은 밤
나뭇잎 소리 마당가에 쓸쓸하고
외기러기 하늘에서 슬피 우는 밤
멀리 닭 우는 소리 메아리도 없고
어린 종년의 코고는 소리는 어찌 이리도 큰지
눈은 말똥말똥하여 잠이 오지 않으니
누구에게 이 어려움을 호소하겠느냐.

『연암집 권1 – 연상각선본』 열녀함양박씨전 '병서(幷書)'

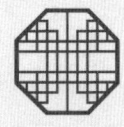

상기를 마치자,
지아비가 죽은 것과 같은 날 같은 시각에 죽어
그 처음의 뜻을 이루었다. 어찌 열부가 아니랴?

등장인물

아들들　과부 어머니의 아들 형제로 높은 벼슬에 올라 있다. 다른 과부 자손의 벼슬길을 막으려다가 어머니의 말에 깨달음을 얻는다.

어머니　일찍이 과부가 되어 아들 형제를 길러 냈다. 아들들이 다른 과부의 자손이 벼슬하는 것을 막으려고 하자, 자신의 젊은 시절 이야기로 형제에게 깨달음을 준다.

나(박지원)　안의 현감으로 있으면서 함양 박씨의 이야기를 전해 듣는다.

함양 박씨　어려서 부모를 모두 잃고 조부모의 손에 자라다가 병이 깊어 얼마 살지 못한다는 사실을 알면서도 남편에게 시집간다. 남편이 죽고 난 후 절개를 지키며 살다가 남편의 대상까지 치르고 남편이 죽은 날 자결한다.

임술증　함양 박씨의 남편. 몸이 여위고 약하다. 혼례를 치르고 반년도 채 되지 않아 폐병으로 죽는다.

열녀함양박씨전

모든 여인에게 수절을 강요하는 풍속은 지나치다

제나라 사람이 말하기를
"열녀는 두 사내를 섬기지 않는다."
고 하였다. 이는 『시경』의 「백주」 편과 같은 뜻이다. 그런데 우리나라의 법전(『경국대전』)에서는 "다시 시집간 여자의 자손에게는 벼슬을 주지 말라"고 하였다. 이 법을 어찌 저 모든 평민들을 위해서 만들었겠는가? (이 법은 벼슬을 하려는 양반들에게만 해당된다는 뜻) 그렇지만 우리나라가 시작된 이래 사백 년 동안 백성들은 오래오래 교화(敎化, 주로 교양이나 도덕 등을 가르치어 변화시킴)에 젖어 버렸다. 그래서 여자들이 귀천(貴賤)을 가리지 않고 집안의 높낮음도 가리지 않으면서, 절개(節槪)를 지키지 않는 과부가 없게 되었다. 이것이 드디어 풍속이 되었으니, 옛날 이른바 '열녀'가 이제는 과부에게 있게 되었다.

밭집(백성의 집)의 젊은 아낙네나 뒷골목의 청상과부들을 부모가 억지로 다시 시집보내려는 것도 아니고 자손의 벼슬길이 막히는 것도 아니건만, 그들은 "과부의 몸을 지키며 늙어 가는 것만으로는 수절(守節)했다고 말할 만한 게 없다"고 생각한다. 그래서 광명한 햇빛을 스스로 꺼 버리고 남편을 따라 저승길 걷기를 바란다. 불, 물에 몸을 던지거나 독주를 마시며 끈으로 목을 졸라매면서도 마치 극락이라도 밟는 것처럼 여긴다. 그들이 열렬하기는 열렬하지만 어찌 너무 지나치다고 하지 않겠는가?

  옛날 어떤 형제가 높은 벼슬을 하고 있었는데 어느 사람의 벼슬길을 막으려고 하면서 그 어머니에게 의논 드렸다. 그 어머니가

  "무슨 잘못이 있기에 그의 벼슬길을 막느냐?"

하고 묻자 그 아들이,

  "그의 선조에 과부가 있었는데 바깥 여론이 몹시 시끄럽습니다."

하고 대답했다. 그래서 어머니가 깜짝 놀라며,

  "규방(閨房, 부녀자가 거처하는 방)에서 일어난 일을 어떻게 알 수 있느냐?"

하고 물었더니, 아들이

  "풍문(風聞, 바람결에 들리는 소문. 떠도는 소문)으로 들었습니다."

하고 대답하였다. 그래서 어머니가 말하였다.

  "바람은 소리만 나지 형태가 없다. 눈으로 살펴도 보이지 않고 손으로 잡아도 얻을 수가 없다. 공중에서 일어나 만물을 흔들리게 하니 어찌 이 따위 형편없는 일을 가지고 남을 흔들리게 한단 말이냐? 게다가 너희들도 과부의 자식이니, 과부의 자식으로서 어찌 과부를 논할 수 있겠느냐? 잠깐만 기다려라. 내가 너희들에게 보여 줄 게 있다."

어머니가 품속에서 동전 한 닢을 꺼내 보이면서 물었다.

"이 돈에 윤곽이 있느냐?"

"없습니다."

"그럼 글자는 있느냐?"

"글자도 없습니다."

어머니가 눈물을 흘리면서 말했다.

"이게 바로 네 어미가 죽음을 참게 한 부적이다. 내가 이 돈을 십 년 동안이나 문질러서 다 닳아 없어진 거다. 사람의 혈기는 음양에 뿌리를 두고, 정욕은 혈기에 심어졌으며 사상은 고독에서 살고 슬픔도 지극하단다. 그런데 혈기는 때를 따라 왕성한즉 어찌 과부라고 해서 정욕이 없겠느냐?

가물가물한 등잔불이 내 그림자를 조문하는 것처럼 고독한 밤에는 새벽도 더디 오더구나. 처마 끝에 빗방울이 뚝뚝 떨어질 때나 창가에 비치는 달이 흰 빛을 흘리는 밤 나뭇잎 하나가 뜰에 흩날릴 때나 외기러기가 먼 하늘에서 우는 밤, 멀리서 닭 우는 소리도 없고 어린 종년은 코를 깊이 고는 밤, 가물가물 졸음도 오지 않는 그런 깊은 밤에 내가 누구에게 고충을 하소연하겠느냐? 내가 그때마다 이 동전을 꺼내어 굴리기 시작했단다.

방 안을 두루 돌아다니며 둥근 놈이 잘 달리다가도, 모퉁이를 만나면 그만 멈추었지. 그러면 내가 이놈을 찾아서 다시 굴렸는데, 밤마다 대여섯 번씩 굴리고 나면 하늘이 밝아지곤 했단다. 십 년 지나는 동안에 그 동전을 굴리는 숫자가 줄어들었고 다시 십 년 뒤에는 닷새 밤을 걸러 한

번 굴리게 되었지. 혈기가 이미 쇠약해진 뒤부터야 이 동전을 다시 굴리지 않게 되었단다. 그런데도 이 동전을 열 겹이나 싸서 이십 년 되는 오늘까지 간직한 까닭은 그 공을 잊지 않으려고 하기 때문이야. 가끔은 이 동전을 보면서 스스로 깨우치기도 한단다."

이 말을 마치면서 어머니와 아들이 서로 껴안고 울었다. 군자들이 이 이야기를 듣고

"이야말로 '열녀'라고 말할 수 있겠구나."

라고 하였다. 아아, 슬프다. 이처럼 괴롭게 절개를 지킨 과부들이 그 당시에 드러나지 않고 그 이름조차 인멸되어 후세에 전해지지 않은 까닭은 어째서인가? 과부가 절개를 지키는 것은 온 나라 누구나가 하는 일이기 때문에 한 번 죽지 않고서는 과부의 집에서 뛰어난 절개가 드러나지 않게 되는 것이다.

과부 박씨가 자결했다는 이야기를 듣다

내가 안의(安義) 고을을 다스리기 시작한 그 이듬해인 계축년(癸丑年, 정조 17년, 1793년) 몇 월 며칠이었다. 밤이 장차 샐 즈음에 내가 어렴풋이 잠 깨어 들으니 청사 앞에서 몇 사람이 소곤거리는 소리가 들렸다. 그러다가 슬퍼 탄식하는 소리도 들렸다. 무슨 급한 일이 생겼는데도 내 잠을 깨울까 봐 걱정하는 것 같았다. 내가 그제야 소리를 높여

"닭이 울었느냐?"

하고 물었더니, 곁에 있던 사람이 대답했다.

"벌써 서너 번이나 울었습니다."

"바깥에 무슨 일이 생겼느냐?"

"통인(通引, 심부름꾼) 박상효(朴相孝)의 조카딸이 함양으로 시집가서 일찍 과부가 되었습니다. 오늘 지아비의 삼년상이 끝나자 바로 약을 먹고 죽으려고 했습니다. 그 집에서 급하게 연락이 와서 구해 달라고 하지만 상효가 오늘 숙직 당번이므로 황공해하면서 마음대로 가지 못하고 있었습니다."

나는 '빨리 가 보라'고 명령하였다. 날이 저물 무렵에,

"함양 과부가 살아났느냐?"

하고 옆에 있던 사람들에게 묻자,

"벌써 죽었답니다."

하고 대답하였다. 나는 서글프게 탄식하면서

"아아, 모질구나. 이 사람이여."

하고는 여러 아전들을 불러다 물었다.

"함양에 열녀가 났는데, 그가 본래는 안의 사람이라고 했지. 그 여자의 나이가 올해 몇 살이며 함양 누구의 집으로 시집을 갔었느냐? 어릴 때부터의 행실(行實)이 어떠했는지 너희들 가운데 잘 아는 사람이 있느냐?"

여러 아전들이 한숨을 쉬면서 말하였다.

"박씨의 집안은 대대로 이 고을 아전이었는데 그 아비의 이름은 상일(相一)이었습니다. 그가 일찍이 죽은 뒤로는 이 외동딸만 남았는데 그 어미도 또한 일찍 죽었습니다. 그래서 어려서부터 할아비, 할미의 손에서

자라났는데 효도를 다했습니다. 그러다가 나이 열아홉이 되자 함양 임술증(林述曾)에게 시집가서 아내가 되었지요. 술증도 또한 대대로 함양의 아전이었는데 평소에 몸이 여위고 약했습니다. 그래서 그와 한 번 초례(醮禮, 전통 결혼식에서 혼인하는 예식)를 치르고 돌아간 지 반 년이 채 못 되어 죽었습니다. 박씨는 그 남편의 초상을 치르면서 예법대로 다하고 시부모를 섬기는 데에도 며느리의 도리를 다하였습니다. 그래서 두 고을의 친척과 이웃들 가운데 그 어진 태도를 칭찬하지 않는 사람이 없었는데, 이제 정말 그 행실이 드러난 것입니다."

한 늙은 아전이 감격하여 이렇게 말하였다.

"그 여자가 시집가기 몇 달 전에 어느 사람이 말하길 '술증의 병이 골수에 들어 살 길이 없는데 어찌 혼인날을 물리지 않느냐'고 했답니다. 그래서 그 할아비와 할미가 그 여자에게 가만히 알렸더니, 그 여자는 아무런 대답도 하지 않았답니다. 혼인날이 다가와 색시의 집에서 사람을 보내어 술증을 보니 술증이 비록 아름다운 모습이었지만 폐병으로 기침을 했습니다. 마치 버섯이 서 있고 그림자가 걸어 다니는 것 같았답니다. 색시의 집에서 매우 두려워하며 다른 중매쟁이를 부르려 했더니, 그 여자가 얼굴빛을 가다듬고 이렇게 말했답니다. "지난번에 바느질한 옷은 누구의 몸에 맞게 한 것이며 또 누구의 옷이라고 불렀지요? 저는 처음 바느질한 옷을 지키고 싶어요." 그 집에서는 그의 뜻을 알아차리고 원래 잡았던 혼인날에 사위를 맞아들였습니다. 비록 혼인을 했다지만 사실은 빈 옷을 지켰을 뿐이랍니다."

박씨를 기리며 사람들이 열부전을 짓다

얼마 뒤에 함양 군수 윤광석(尹光碩)이 밤중에 기이한 꿈을 꾸고 감격하여 「열부전」을 지었다. 산청 현감 이면제(李勉齋)도 또한 그를 위하여 전을 지어 주었다. 거창에 사는 신도항(愼敦恒)도 문장을 하는 선비였는데, 박씨를 위하여 그 절의(節義, 의리를 지키며 한 번 품은 뜻을 바꾸지 않는 일)를 서술하였다. 그는 처음부터 끝까지 마음이 한결같았으니 어찌 스스로 '나처럼 나이 어린 과부가 세상에 오래 머문다면 길이길이 친척에게 동정이나 받을 것이다. 이웃 사람들의 망령된 생각을 면치 못할 테니, 빨리 이 몸이 없어지는 게 낫겠다'고 생각하지 않았으랴?

아아, 슬프다. 그가 처음 상복을 입고도 죽음을 참은 것은 장사를 지내야 했기 때문이었고 장사를 끝낸 뒤에도 죽음을 참은 것은 소상(小祥, 죽은 지 일 년 만에 지내는 제사)이 있기 때문이었다. 소상을 끝낸 뒤에도 죽음을 참은 것은 대상(大祥, 죽은 지 이 년 만에 지내는 제사)이 있기 때문이었다. 이제 대상도 다 끝나서 상기(喪期, 상복을 입는 기간)를 마치자, 지아비가 죽은 것과 같은 날 같은 시각에 죽어 그 처음의 뜻을 이루었다. 어찌 열부가 아니랴?

이야기 따라잡기

『경국대전』(성종 때에 완성된 조선의 기본 법전)의 개가 금지법은 양반들에게만 해당되는 것이었지만 지금(조선 후기)에는 서민들까지도 이 법을 따르고 있다.

남편이 죽은 후 아들 형제를 잘 키워 낸 과부가 있었다. 어느 날 높은 벼슬에 있던 아들 형제가 어떤 사람이 과부의 자손이라고 하는 풍문을 듣고 벼슬길을 막으려 하는 것을 보았다. 그러자 과부는 형제에게 동그란 끝이 반질반질해진 동전을 보여 준다. 그리고 잠 못 이루던 밤마다 동전을 굴려서 정욕을 눌렀던 자신의 일을 말해 주며 풍문에 경솔하게 행동하지 말 것과 수절의 어려움을 말한다.

박지원이 안의 현감으로 있었을 때 어느 날 아전의 조카딸인 함양 박씨가 자결을 했다는 소식을 듣는다. 그리고 며칠이 지난 후 아전에게 함양 박씨의 이야기를 물어 듣게 된다.

함양 박씨는 어느 아전의 자식으로 태어나 어려서 부모를 모두 잃고 조부모의 손에서 자랐으나 효심이 깊었다. 그러다 혼인할 때가 되어 임술증과

정혼하였는데 임술증은 이미 심한 병에 걸려 죽을 때가 얼마 남지 않았다. 함양 박씨는 정혼한 뒤 이 사실을 알았지만 그대로 혼례를 치렀고 초례를 치르고 반 년도 채 되지 않아 남편 임술증은 죽고 말았다. 그러자 함양 박씨는 남편의 대상까지 모두 치르고 난 뒤 남편이 죽은 날 약을 먹고 자결하였다.

박지원은 이 이야기를 듣고 함양 박씨를 열녀라며 칭송한다.

쉽게 읽고 이해하기

「열녀함양박씨전」과 박지원

1793년경 박지원이 안의 현감으로 재직하던 때 지은 한문 단편소설. 박지원이 이 글을 쓴 동기는 박씨가 열녀임을 이 세상에 드러내기 위함이 아니다. 박씨와 같은 경우를 들어 그 행위의 지나침을 풍자한 것이다. 또한 '개가한 이의 자손은 문벌이 좋은 선비 집안의 신분만 임용되는 문무 관직에 채용하지 말라'고 한 『경국대전』의 내용은 서민을 위하여 마련한 것이 아닌데도 불구하고 귀천을 막론하고 과부로 절개를 지킴은 물론, 나아가 농가, 여염의 여인들까지 몸을 던지고 독약을 먹고 목을 매는 일이 일어나고 있는 현실을 비판한 것이다.

그리하여 일찍 과부가 된 한 여인이 깊은 고독과 슬픔을 달래기 위하여 동전을 굴리면서 아들 형제를 입신시킨 이야기를 삽화로 넣어 수절의 어려움을 밝히고, 이와 같은 어려움을 넘긴 이야말로 진정한 열녀라 이를 수 있다고 한 것이다. 박씨의 순절을 완곡히 비판하면서 그러한 사회 풍조, 나아가 과부의 개가를 금지시킨 사회 제도에까지 비판이 확대되고 있는 이 작품은 삽화를 넣으면서 설명과 문답으로 간결하고 실감 있게 표현한 작가 만년의 글이다.

『경국대전』과 개가 금지법

조선시대의 기본 법전인 『경국대전』을 보면 다시 결혼한 여자의 자손에게는 벼슬을 주지 말라고 하는 법이 있다.

이는 벼슬을 하는 양반 계급에 속하는 여성들에게만 해당하는 법이었으나 조선 후기에는 귀천을 막론하고 과부로 절개를 지킴은 물론이거니와 나아가 농가의 여성이나 여염의 여성들까지 더러 물불에 몸을 던지고 독약을 먹으며 목을 매는 일이 발생하였다.

작가 알아보기

박지원(朴趾源, 1737~1805)

　호는 연암(燕巖). 1737년에 태어나서 1805년 69세를 일기로 마쳤으니, 영조 시절 40년, 정조 시절이 24년, 순조 시절이 5년으로, 18세기 북학(北學)의 대표적 학자다. 고문파에 대한 반항을 통하여 그의 문학을 건설하였고 소설·문학이론·철학·경세학·천문학·병학·농학 등 활동 영역이 광범위했다.

　정조는 당시에 유행하던 참신한 문장을 잡문체라고 규정하고 한문 문장의 체제를 개혁하여 정통 고문으로 환원시키려는 문체반정(文體反正)을 벌였다. 박지원의 문장들이 민담, 설화의 문장과 유사하여 많은 비판을 받자, 증손인 박남수가 이를 불태우려 하였으나 다른 자손들의 만류로 중지하였던 사건이 있었다. 문체반정으로 연암의 저작은 오랫동안 금서로 지목되어, 그가 죽은 지 96년 후에야 처음으로 『연암집(燕巖集)』이 간행되었다. 그리고 1930년대에 이른바 조선학운동(朝鮮學運動)의 일환으로 1940년대 중반

『열하일기』와 『방경각외전』의 작품 일부가 국역되면서부터 실학자로서 연암과 그의 문학에 대한 연구가 체계적으로 이루어지기 시작하였다. 1966년 경희출판사에서 박영철본을 영인, 간행했다.

박지원의 일생은 세 부분으로 나누어 살펴볼 수 있다

1. 입문기(~35세) : 학문에 발을 들여놓고 과거 시험을 접는 시기

어려서부터 재주가 뛰어났으며 동네 아이들과 어울려 글공부를 하였다. 그의 가문은 서인과 노론의 명문 가문이었지만 아버지 박사유(朴師愈)는 관직에 오르지 못했고, 박지원은 할아버지 박필균(朴弼均)에게서 양육되었다. 그가 본격적으로 문장 수업을 하게 된 것은 16세 때 이보천(李輔天)의 딸과 결혼한 후로, 장인과 처숙으로부터 『맹자』와 『사기』를 배웠다. 20세 이후에는 김이소(金履素), 황승원(黃昇源) 등과 글공부를 했으며, 단릉 처사 이윤영(李胤永)에게서 『주역』을 배웠다. 이미 문재가 뛰어나 예학과 고문에 뛰어났던 황경원(黃景源)과 성리학의 대가였던 김원행(金元行) 등을 찾아 칭찬을 듣기도 했다. 20세를 전후해서 생긴 우울병으로 오래 고생을 한 연암은 불면증을 견디기 위해서 집안 청지기나 민옹 같은 길손을 불러 저잣거리에 나돌던 기이한 일을 듣곤 했다. 23세에 어머니가, 31세에 아버지가 돌아가셨다. 35세에 과거를 그만둘 것이라고 결심할 때까지 글공부에 주력했던 것 같다.

이 시기에 『연암집』, 『방경각외전』에 실려 있는 「마장전」, 「예덕선생전」,

「민옹전」,「광문자전」,「양반전」,「김신선전」,「우상전」,「역학대도전」,「봉산학자전」등을 쓴다. 이 중 「역학대도전」,「봉산학자전」은 전해지지 않는다.

2. 탐구기(35세~50세) : 실학자들과 학문을 연구하고 토론하며 벼슬살이 하던 시기

과거의 뜻을 접고, 다음 해에 연암은 처자를 처가에 보내고 홀로 거처하여 이덕무(李德懋)·이서구(李書九)·서상수(徐常修)·유금(柳琴)·유득공(柳得恭)·박제가(朴齊家)·이희경(李喜經) 등과 늘 만나며 '연암 그룹'을 형성, 새로운 문풍과 학풍을 이룩하게 되었는데 이것이 북학파 실학이었다. 42세 때 홍국영(洪國榮) 정권 시절에는 가족을 이끌고 연암 골짜기에 은둔해 있으면서 황무지의 개척, 목축 등에 관심을 갖고 농부의 농사 경험과 농서를 깊이 연구하였다. 또한 배움을 청하는 선비들과 학문을 깊이 탐구했다. 2년 뒤 홍국영이 정권에서 물러나자 가족을 이끌고 서울로 돌아와 처남 이재성(李在誠)의 집에 머물게 된다. 그해(1780년) 여름 44세에 삼종형 박명원(朴明源)의 개인 수행원 자격으로 건륭황제의 만수절 축하 사절로 가게 된다. 5월에 길을 떠나 10월에 돌아오는 동안 청나라 사행을 따라 열하 등지를 여행한 기록 『열하일기』를 남긴다. 이 시기에 「호질」과 「허생전」을 쓴다.

3. 실천기(50세~69세까지) : 이상을 벼슬살이로서 이루어 보려는 시기

1786년 처음 벼슬에 올라 선공감 감역에 임명된다. 1789년 평시서 주부,

1790년 의금부 도사·제릉령, 1791년에는 한성부 판관·안의 현감을 지냈다. 이때 『연암집』 『연상각선본』에 실린 「열녀함양박씨전」이 쓰여졌다. 1796년 제용감주부·의금부도사·의릉령, 1797년에는 면천 군수를 지냈다. 1799년에는 정조가 내린 하교(下敎)에 응해 『과농소초(課農小抄)』를 바쳤다. 이 책은 농업 생산력을 발전시키는 농업 생산 관계를 조정하는 문제를 깊이 있게 다룬 것으로, 그의 사상의 원숙한 경지를 잘 나타내고 있다. 1800년 양양 부사에 부임하고, 1801년 봄에 사직했다. 이후 건강이 악화되어 1805년 10월 20일 69세를 일기로 죽었다.

그의 묘는 지금은 북한 땅인 장단(長湍) 송서(松西面) 대세현(大世峴)에 있다. 만년의 그의 사상은 구체적 개혁안의 제시에 주력하는 경향이었고, 따라서 비판력이 약화되고 개량적·타협적인 성격을 나타내고 있다.

박지원 한문소설의 특징

연암 한문소설의 두드러진 특징을 이루는 것은 풍자적 성격과 사실주의적이라는 점이다.

연암에 있어 풍자란, 역사적 변화의 시대에 살면서, 변하지 않는 양반들의 모습을 직시하여 비판하는 태도로 나타난다. 또한 남다른 실력으로 참 삶을 살아가려 하지만, 양반들의 체제 속에서 평민층이라는 이유로 홀대받는 모습을 생생하게 포착하는 사실주의적 기법으로 새로운 인간형을 제시한다. 연암은 그 당시 체제에 순응하지 않고, 각각의 주인공을 통해 변화하는 시대에 새로운 의식세계의 필요성을 강조한다.

연암의 문체는 고문을 따르지 않고 속된 표현이라고 하여 정조의 노여움을 사게 되고 문체반정까지 초래하였다. 그러나 양반의 형식적인 행동거지나 횡포 등을 풍자적으로 표현한 것은 양반의 반성을 촉구하는 구실을 하였다고 볼 수 있다. 이것이 박지원 문학이 갖는 큰 특징으로, 당대에는 많은 비난을 받았지만, 그런 과감한 표현 때문에 그의 작품들이 더 높은 가치를 인정받고 있다.

박지원의 『연암집(燕巖集)』

저자 사후 아들 종간(宗侃)이 편집하여 57권 18책의 필사본으로 전해오다가, 초간본은 김택영에 의해 1900년에 원집이 나오고 1901년에 속집이 나왔다. 원집은 6권 2책, 속집은 3권 1책으로 되어 있던 것을, 1914년 김택영이 다시 원집과 속집을 합해 7권으로 줄여 정리한 중편본(重編本)을 냈다. 이 초간본은 고활자본으로 되어 있고 김택영의 관점에서 문장을 골라 실은 것이다.

이에 비해 1932년 박영철이 편집하여 간행한 중간본은 박지원의 모든 문장을 빠짐없이 싣는다는 취지 아래, 종간의 필사본을 근본으로 하고 권 11~15는 『열하일기』, 권16~17은 『과농소초』 등을 별집으로 덧붙여 17권 6책의 신활자본으로 펴냈다.